柳屋商店開店中

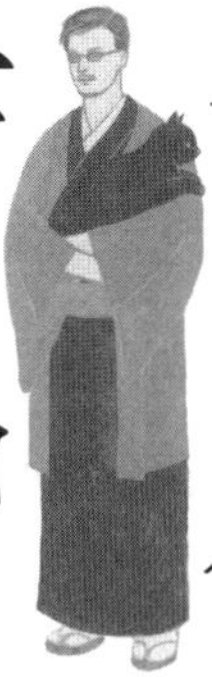

柳広司
KOJI YANAGI

原書房

柳屋商店開店中

目次

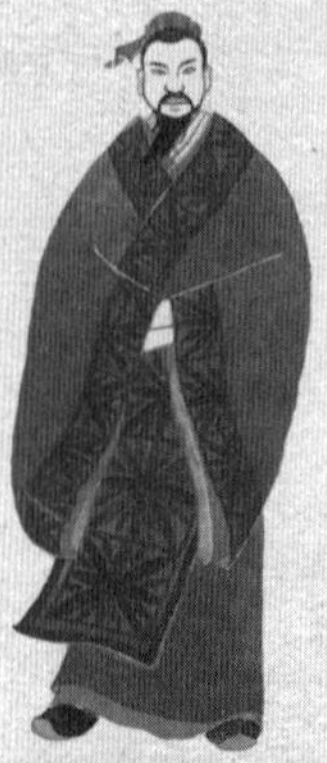

バスカヴィルの犬
（分家編）

最近はあまり見かけなくなりましたが、私が子供の頃にはショートショートといわれる（原稿用紙十枚程度の）作品が大変流行《はや》っていました。

本篇は「戌《いぬ》年にちなんだショートショート」のお題で書いた作品です。掲載は二〇〇六年の新年号。筋金入りのミステリ・ファンにとって、犬と言われてまっ先に思い浮かぶのは、どうしたってあの犬でしょう。「初歩《エレメンタリー》だよ、ワトスン君《マイ・ディア・ワトスン》」。あまりにも有名なこの台詞は、しかし原典のどこを捜しても出て来ません。ホームズ・シリーズ最大の謎。

「おやワトスン君、依頼人のようだよ」シャーロック・ホームズ君はバイオリンを弾く手を止め、右手にもった弓で窓の外を指し示した。

カーテンの透き間から通りを眺めると、なるほど我らがベーカー街二二一Bの正面に一台の二輪馬車《ハンサム》が止まったところであった。ほどなく呼び鈴がなり、階段を上る足音に続いて、ドアがノックされた。

「どうぞ、開いてますよ!」ホームズは窓際のひじ掛け椅子に腰を下ろして声をかけた。

ドアを開けて入ってきたのは、背の高い、ひどく痩せた男であった。黒いあごひげを四角く刈り込み、一分のすきもないきちんとした格好をしてはいるが、一見して紳士ではなく、どこかのお屋敷の使用人であることが見てとれる。彼は心に何か心配事を抱えているらしく、顔がひどく青ざめ、足下がふらふらしている様子であった。

ホームズが椅子を勧めると、男は丁寧に礼を言って腰を下ろした。そして、最初に「自分はバスカヴィル家の執事である」と名乗り、しつこいほど他言無用の念を押したうえで、次のように切り出した。

「じつは、当バスカヴィル家にまつわる犬の件なのですが……」

「バスカヴィル家の犬だって!」横で話を聞いていた私は思わず声をあげた。「というと〝野蛮、残酷だった先祖が霧の中で巨大な犬に食い殺された。以来、累代の当主は魔の犬の呪いで殺される〟という例の伝説にもとづいた事件のことかい？　しかしあの事件なら、ホームズと僕がわざわざ出向いて、とっくに解決したはずじゃないか」

「あなたさま方が解決されたのは本家の話でして……」と執事は肩をすくめた。「わたくしどもは分家の者なのです」

「分家？　分家にも、なにか犬にまつわる因縁話があるのかい？」

「当家の五代目の主《あるじ》、ロジャー・バスカヴィル卿がこんな遺言状を残されているのです」彼はポケットから古びた紙片を取り出した。そこには次のような文言が記されてあった。


わが一族は必ずや犬に喰い殺されるであろう。決して屋敷内に犬を入れてはならぬ。


「やれやれ、よほど犬嫌いの一族のようだね」ホームズが呆れたように呟き、依頼人に尋ねた。

「それでどうしました？」

「遺言状通り、これまでわがバスカヴィル分家の当主となられた方は、本家に劣らず、犬を屋敷から遠ざけてきました。ところが」と執事は眉をひそめ、困ったような表情を顔に浮かべて先を続けた。「数ヶ月前、ヘンリー卿が新しく当主になられてからというもの、突然、犬が屋敷内をうろつきはじめたのです」

「ほう」とホームズは初めて興味をひかれた様子で身を乗り出した。「すると、伝説のバスカヴィルの犬、つまり子牛ほどもある巨大な魔の犬が現れたのだね？」
「はい……いえ」
「どっちだい？」
「それが、その……現れたことは現れたのですが……必ずしもそればかりではなく……何と言いますか……」

執事は急に口ごもってしまった。それきり何を聞いても、彼は困惑した顔で言を左右にし「ともかく、一度来ていただけないでしょうか……」と懇願するばかりである。

ホームズと私は、結局根負けして、執事と一緒に出掛けることにした。

案内されたバスカヴィル家（分家）の館は、さすがに本家のものほど広大ではなかったが、正面をすっかり蔦《つた》におおわれた外壁や、角《つの》のようにそびえ立つ古風な塔が夢幻的な雰囲気をたたえていた。

「さあ、ともかく中へどうぞ」

と執事に促され、私はホームズと連れ立って玄関を入っていった。心なしか、館の中には微かに生臭い、不吉な臭いが漂っている気がした。

入ったところは、天井の高い、広く立派な部屋であった。梁《はり》も時代がついて黒光りする樫《かし》の木づくりで、大きな古風な暖炉には裸火が気持ち良く音を立てて燃えていた。

その部屋で待っていると、館の奥から、ドアごしに呼びかける執事の声が聞こえてきた。

「ヘンリー様、お客さまをお連れいたしました。ヘンリー様？」

どうしたことか、部屋の中から返事がない様子である。ホームズと私は顔を見合わせ、同時に立ち上がると、声が聞こえた方に足を急がせた。

「ヘンリー様？」

執事は閉じたドアの前に立ち、困惑した様子でノックを続けている。その時、部屋の中で「どたん、ばたん」と何かが激しく争うような音が聞こえた。最早一刻の猶予もならなかった。私は執事を押しのけ、ドアに体当たりを試みた。

ドアは、まるで鍵などもともと掛かっていなかったように、思いのほか容易に開いた。たたらを踏んで部屋の中に飛び込んだ私は、目の前の光景にあっと悲鳴を上げた。

若きバスカヴィル卿が床の上に仰向けに倒れ、その体の上に一匹の犬がのしかかっている姿が目に飛び込んできたのだ。犬は卿の胸に両足をかけ、彼をしっかりと押さえこんでいる……。

「ヘンリー様！」執事が大声で叫んだ。

バスカヴィル卿がねじるように首を振り向け、私たちの姿を認めて声を上げた。

「おや、お客さんかい」彼は自分の胸の上に乗っていた中型のスパニエル犬をひょいと抱き上げて、立ち上がった。「全然気がつかなかったよ」

「また犬と遊んでいらっしゃったのですね？」執事が苦虫を嚙みつぶしたような顔で言った。若きバスカヴィル卿はそれには答えず、両手で抱いたスパニエル犬を私たちに掲げて見せた。

「どうです、すばらしいでしょう！」彼は犬に頬ずりをして言った。「この顔、この眼、この耳、この手、この足、この毛並み！　それに、この匂いも！　うーん、やっぱり犬はいいですね」

それに答えるようにバスカヴィル卿の腕に抱かれた犬が一声ワンと鳴くと、執事たちはたちまちぶるりと身を震わせた。

「おやめ下さい、ヘンリー様。あなたはバスカヴィル家の当主になられたのですよ。あなたに眼を覚ましていただくために、今日は有名な私立探偵のシャーロック・ホームズ氏、それからこちらのドクター……」

執事が私たちを紹介し終える前に、バスカヴィル卿がぷっと吹き出した。

「はははは」と彼はスパニエル犬を床に降ろし、腹を抱えて笑い出した。

「何がおかしいのです？」私が尋ねた。

「これは失礼」バスカヴィル卿は懸命に笑いをかみ殺して言った。「しかし、考えてもみて下さいよ。私がこの子たちに喰い殺されるわけがないじゃないですか」

「この子たち？」

「そうです、この子たちです」

バスカヴィル卿はそう言いながら、部屋のもう一つ奥のドアをさっと開いてみせた。

中を覗いた私は、今度こそ唖然とするしかなかった。

犬、犬、犬、犬……。何匹、いや、何十匹という犬たちがそこにいた。テリア、ダックスフント、スパニエル、アフガンハウンド、それに子牛ほどもあるセントバーナード。その他にも、大小さまざまな犬たちが顔をあげ、こっちを見て、嬉しそうにいっせいにしっぽを振っている。

「どうです？」若きバスカヴィル卿は、眼を輝かせ、自慢げに私たちを振り返った。

「行こう、ワトスン君」ホームズはそう言うと、執事が止めるのも聞かず、そのままバスカヴィル家を後にした。

「犬たちを見たければ、またいつでもどうぞ！」

振り返ると、犬たちとともに見送りに出たバスカヴィル卿が、にこにこと笑いながら手を振っていた。


「放って置いていいのかい？」ロンドンに戻る列車の中で私はホームズに尋ねた。

「僕たちの出る幕じゃないさ。趣味の問題だよ」

「しかし、ヘンリー・バスカヴィル卿の様子は尋常じゃなかったぜ」私は言った。「第一、代々《だいだい》犬を恐れてきた一族に、彼のような者が生まれるかな？　案外、本当に呪いが関係しているのかもしれない」

「逆だよ、ワトスン君」ホームズは、口元に一瞬皮肉な笑みをちらりと見せて言った。「遺言を残した彼の先祖は何も犬嫌いだったわけじゃない。おそらく彼はとてつもなく犬好きだったんだ。彼は自分がいったん犬を飼い始めたら歯止めがきかなくなるのを恐れていた。だから、『決して屋敷内に犬をいれてはならぬ』などと遺言したのさ」

「それじゃ『わが一族は必ずや犬に喰い殺されるであろう』というあの文言は、まさか……？」

「いや、そうとも」ホームズは顔の前で神経質に手を振って言った。「あれは、趣味を受け継いだ子孫の誰かが、犬のために一族の財産を喰い尽くしてしまうだろうという予言だったんだ。実際、あの青年は一族の金をすべて犬たちにつぎ込んでいるようじゃないか。おそらく、バスカヴィル家の財政はすでに火の車なのだろう。もっとも、こんなことは全部あの犬たちを見る前から分かっていたことだがね」

「犬たちを見る前からだって?」私は苦笑して首を振った。「いや、いくらなんでもホームズ、そんなはずはあるまい」

「初歩だよ、ワトスン君」ホームズはひとさし指を口に当てて言った。「依頼人がベーカー街を訪れたとき、どんな様子だったか思い出してみたまえ。なるほど彼は、きちんとした服装をしていた。が、よく見れば袖口に継ぎが当たっているのに気づいたはずだ。それに、彼のあの青白い顔ときたら。あれは、この数日ろくなものを食べていない者の顔だよ。ひどく痩せていたのも、足下がふらふらしていたのもそのせいだろう。僕は一目で、今回の依頼には何か深刻な財政問題がかかわっているなと見当をつけた。案の定、案内されたのは、建ててから何百年も経ったような古い館だった。実際、あの手の館を維持するためには想像以上に金がかかるものだからね。そこへきてあの臭いだ」

「臭い?」

「君も気づいたはずだぜ、ワトスン君。あの館は、玄関を一歩入った時から妙な臭いがしていたじゃないか。僕にはすぐに、あれが何種類もの生きた犬と、その餌の臭いだと分かった。一方で、依頼人の話は、当主が替わったことで問題が発生したことを示唆していた。とすれば、もともと芳しくなかったバスカヴィル分家の財政問題が、新しく当主となったヘンリー卿の趣味のせいで深刻化したことは、改めて彼に話を聞いたり、あるいは彼の犬たちに会ったりする前から、自明のことだったさ」

「やれやれ。犬が臭いを嗅ぎ分けるならともかく、犬の臭いをかぎ分けられるとは、恐れ入ったよ」私はホームズには聞かれないよう小声で呟き、それから顔をあげて言った。「しかし、いずれにしても先祖が恐れていた予言が、いま成就しようとしているわけじゃないか。やっぱり、なんとか手を打った方が良いんじゃないかな？」

「バスカヴィル卿には、後で〝犬を見にくる人たちから見物料をとるよう〟手紙で助言でもしてやるさ。時代は変わったんだ、案外大儲《おおもう》けするかもしれないさ。ところでワトスン君、そんなことより今夜は暇かい？」

「そうだな。暇といえば暇だ」

「これを見たまえ」ホームズは私の膝の上に新聞を投げてよこした。「今夜、セント・ジェイムズ館で珍しい『犬のオペラ』が上演されるらしい。一緒に行くかい？　よし、それじゃ列車が駅についてから開演まで少し時間がある、マルチーニによって軽く夕食をとっていこうよ」

鼻

某文芸誌編集者から「芥川特集を組むので同名タイトルで一作お願いします」と依頼があり、念のためもう一度聞き直すと「ですから、芥川と同名タイトルでパロディを」とやはり平気な顔でのたまう。〝文芸編集者の怖いもの知らず〟とは遍《あまね》く人口《じんこう》に膾炙《かいしゃ》した有名な諺《ことわざ》だが（本当か？）、つくづく恐ろしいことを思いつくものだ。たとえて言うなら、新人ボクサーをいきなりチャンピオンと戦わせるようなもので、殴られて痛い思いをするのは編集者ではなく作家だけだから関係ないのか？　というわけで『鼻』。禅智内供《ぜんちないぐ》の恋。

池の尾の町に「禅智内供《ぜんちないぐ》が恋をしている」という噂が流れたことがあった。

噂を聞いた者は、僧俗の別を問わず、きまって同じ反応を示した。彼らは皆、申し合わせたように、最初は信じられない様子で顔を見合わせ、それから一度《いちどき》にふっと吹き出すのである。

人々が笑ったのはなにも、内供がすでに齢《よわい》五十を過ぎた老人であるといった理由や、はたまた彼が専念に当来の浄土を渇仰《かつごう》すべき僧侶の立場にあったからばかりではない。

問題は寧《むしろ》、内供の鼻にこそ在った。

それは、長さは五、六寸もあって、上唇の上から顎《あご》の下まで下がっている。形は元も先も同じように太い。云わば、細長い腸詰めのような物が、禿げ頭の内供の顔のまん中に、ぶらりとぶら下がっているのである。

凡《およ》そ恋と並べて、このくらい掛け離れたものは他にちょっと考えられそうにない。

実際、池の尾の町の者たちはかねがね、禅智内供は俗でなくて仕合《しあ》わせだと云って憚《はばか》らなかった。「あの鼻では誰も妻になる女はあるまい」と云うのだ。中には又、あの鼻だから出家したのだろうと批判する者さえあった。彼らは、内供が女に恋をするなど恰《あたか》も寺の庭池から突如《とつじょ》火柱が噴き上がるがごとく、この世では決して眼にすることのないもののように考えていた。それゆえ噂を、奇抜な、気の利いた、新手の冗談だと思ったわけだが、——

禅智内供の恋は本物であった。

その恋がいったい何時《いつ》、長く扉を閉ざしてきた内供の心に忍び這《い》ったものか、内供自身にもさっぱり見当がつかなかった。彼は恋をする以前にも、その女を見かけたことがある。女は、池の尾の寺で屢《しばしば》行われる僧供講説《そうぐこうせつ》を聞くために月に二、三度は必ず寺を訪れていた。別段気にもしていなかったはずが、気が付くとすでに、目の前から女の面影を追い払うことが不可能になっていたのである。

内供は、女が寺を訪れる日を一日千秋の思いで待った。尤《もっと》も、女が来たところで言葉をかけるというのでもない。ただ一目《ひとめ》、彼女の姿、容貌《かおかたち》を眼にすることができれば、内供はそれで、その日一日仕合わせであった。——外《ほか》の者にはどうということはない平凡な女の顔が、内供の眼にだけは観音菩薩《かんのんぼさつ》もかくあらんと見えたのは、まこと恋の不思議というものであろう。

内供がそれとなく周囲の者に尋ねたところ、女は京都に住むある貴族の娘で、早くに夫を亡くした後は仏の教えにのみ慰めを見いだしているという。

——さもあろうて。

内供はこの事実にいたく満足し、人に見られぬようそっと微笑んだ。彼はそれ以上のことは知りたいとも思わなかった。

或日《あるひ》、内供の身に思いもかけぬ奇跡が起きた。

女が内供の顔を認め、にこりとほほ笑みかけたのである。

女が行き過ぎてから暫《しばら》くして、内供はようやく我に返った。そして部屋に戻り、たった今我が身に起きた出来事について、一人つくづくと考えてみた。

彼は、己に向けられる笑いの種類にひどく敏感であった。内供の自尊心は、幼少沙弥《しゃみ》の昔から内道場供奉《ないどうじょうぐぶ》の高位に陞《のぼ》った今日《こんにち》に至るまで、様々な笑いによって傷つけられてきた。日常談話の中に出て来た鼻と云う語に、意味もなくどっと哄《わら》う者がいた。すれ違った後、背後でくすくす笑いが聞こえたのは一度や二度ではない。面と向かいながら碌々《ろくろく》話もせず、鼻ばかり眺めては、にやにやと哂《わら》う者があった。最初は慎《つつし》んで話を聞いていたが、不意にこらえ兼《か》ねたように吹き出した者もある。内供は、己に向けられる一見親しげな笑みの中にも、軽蔑と憐憫とを敏感に嗅ぎ付けた。また、内心の決まり悪さを取り繕うための笑いは、人を人とも思わないいつけつけとした嗤《わら》い以上に、彼のデリケイトな自尊心を深く傷つけたのである。

だが、女の微笑は、これまで内供が眼にしてきたどの笑いとも違っていた。

内供は慎重に研究を重ね、やがて一つの、思いもかけぬ結論を得た。あれは――敢《あ》えて名付けるならば――、尊敬の中に僅《わず》かな好意が入り交じった笑いであった。女の微笑は、長い鼻にではなく、高僧の誉れ高い内供その人に向けられたものだったのだ。

内供は呆然とした。

――夢ではあるまいな。

彼は禿げ頭を傾けてそう呟くと、傍《そば》にかけた普賢《ふげん》の画像を眺めながら、己の鼻の先をそっとつまんでみるのであった。

その日から内供は変わった。何がどう変わったのか一言で云うのは難しい。が、なにしろ、ひどく気難しい顔をして、二言目には誰彼《たれかれ》構わず叱り付けるのが常であった禅智内供は、突然、穏和な、けっして声を荒らげることのない人物へと姿を変えたのだ。

池の尾の町の人々は内供の変身ぶりに眼を瞠り、変化の理由をあれこれ想像した。「悟《さと》りを開かれたのだ」と云う者もあったが、これは少し違うように思われた。悟りを開いたにしては、内供は少々ぼんやりし過ぎているのだ。

その頃の話である。或朝、内供は粥《かゆ》を食っていた。——最初に一寸《ちよつと》云っておかなければならないが、内供は飯を独《ひと》りで食うことができない。独りで食えば、鼻の先が鋺《かなまり》の中の飯へ届いてしまうのだ。そこで、内供が飯を食う時は、弟子の一人が、広さ一寸《いつすん》、長さ二尺ばかりの板で鼻を持ち上げることになっている。その朝も、内供が粥を食う間、弟子の一人が膳の向こうに座り、鼻を持ち上げていた。ところが運悪く、弟子が横を向いて嚔《くさめ》をした拍子に、鼻が板から外れて粥の中に落ちてしまったのだ。弟子は青くなって、亀のように首をすくめた。が、どうしたわけか、いつまでたっても甲高い怒鳴り声は聞こえてこなかった。恐る恐る顔を上げると、内供は、鋺と箸をもったまま、うっとりとした目付きを中空に据えていた。心此処《ここ》にあらず、鼻が粥の中に落ちたことさえ気づかぬ様子である。弟子が声をかけて、内供ははじめて我に返った。そうして、粥が飛び散った飯粒だらけの頬をゆるめて、

——善《よ》し、善し。

と云った。

こうした内供の変化を、多くの者たちが戸惑いながらも有り難がる一方、これを面白く思わない者たちもいた。内供の鼻をからかうのを日課にし、また生きがいにもしてきた連中である。彼らは、寺の中での立場は内供よりはるか下位にあるにもかかわらず、或いはそれゆえに、事あるごとに五月蠅《うるさ》く内供に付きまとい、長い鼻を品隲《ひんしつ》して飽きる事を知らなかった。

中でも内供の頭を悩ませたのが、或悪戯者《いたずらもの》の中童子《ちゅうどうじ》である。彼は一度つまらぬ失敗をして手ひどく叱られてからというもの、内供に恨みを抱き、執拗に付きまとっては、手を替え品を替え、様々な皮肉や当てこすりをもって、陰険に内供の鼻をからかった。そのことでいくら叱られようと、またどんなきつい罰を受けても、中童子は全く平気であった。それどころか彼の悪戯は、近年いよいよ度を増していたのである。

しかし、最近、中童子が仕掛ける悪戯はどれもこれも、見事なまでに不発であった。折角うまい手を思いついて鼻を愚弄嘲笑しても、肝心の内供当人の眼や耳に、いっこう届いていない様子なのだ。業を煮やした中童子は、とうとう奥の手を出すことにした。彼は、内供が食事の時に使う例の鼻持上《もた》げの木の片《きれ》を庫裡《くり》からそっと持ち出した。そして、内供が経を誦んでいる部屋の中庭に痩《や》せた尨犬《むくいぬ》を一匹連れてくると、大声で「鼻を打たれまい。それ、鼻を打たれまいぞ」と囃《はや》しながら犬を逐《お》いまわし始めたのだ。

――これならば内供どのも、聞かぬわけにはまいるまいて。

中童子はそう考えて、ほくそ笑んだ。

あまりに犬を逐いまわすのに夢中になっていたので、中童子は角を曲がって現れた人物に、正面から突き当たるまで気が付かなかった。尻餅をついたまま眼を上げると、驚いたことに、相手は当の内供であった。いつもはこの時刻、部屋に籠もって経を誦んでいるはずの内供は、その日に限って、どうしたわけか寺の境内をふらふらと逍遥《さんぽ》でもしていたらしい。

内供は、呆気に取られている中童子に手を貸して起こしてやり、地に落ちていた木の片を拾って返してやった。そして、中童子の頭を一つ撫で、

——あまり犬を苛《いじ》めるでないぞ。

そう云ったきり、長い鼻をゆらしながら、すたすたと行き過ぎてしまった。

したたか頭を打たれても、柱に一晩縛り付けられても顔色一つ変えたことのない中童子は、しかしこの時ばかりは、きゅうと妙な声を上げ、眼を回して、その場にひっくり返ってしまった。けだし、よほど悔しかったのであろう。

かつての内供の不機嫌や気難しさは、無神経な笑いから自尊心を守るための自衛手段であった。それが今、恋という頑強な防壁を得た。内供にとって、他のことはもはやどうでも良い瑣事《さじ》に過ぎなかったのだ。ただ一つ、のこと、を除いては。

——それにつけても鼻である。

内供は池の面《おもて》に映った己の顔を覗き見て、小さくため息をついた。なるほど女は、鼻を見ず、内供その人を見てほほ笑みかけてくれた。それは間違いない。しかし、それならばもし、この鼻が人並みのものであったなら、女はいっそう尊敬もし、また好意をもってくれるのではないか。

内供はそう考えざるを得ないのである。

その後も女は、講説を聞くために、定期的に池の尾の寺を訪れた。女は内供を認めると、にこりとほほ笑む。高僧の誉れ高い内供への尊敬の中に、僅かな好意が入り交じった、あの笑いである。但《ただ》しそれは、いくら回を重ねても、それ以上にもそれ以下にもならない。

内供は、寝つこうとして寝つかれぬ、まじまじとした晩を幾夜か過ごした後、思い切って例の療治を試みることにした。

療治というのはほかでもない、先年弟子の一人が京都に行った際に知己《しるべ》の医者から教わってきたもので、長い鼻を短くするという震旦《しんたん》渡りの法である。一度試みたところ、なるほど鼻は短くなったのだが、周囲の者たちの反応がなぜかはかばかしくなかった。それどころか、多くの者がいっそうつけつけと哂《わら》うようになったのだ。折角鼻を短くしても、前より哂われては元も子もない。内供はそれきり止してしまった。

その法を、今一度試みようというのである。

内供は早速、弟子に命じて準備をさせた。準備といって、唯《ただ》、提《ひさげ》の中に熱く湯を涌かすばかりである。まずはこの熱湯で鼻を茹《ゆ》でる。しかし、そのままでは湯気に吹かれて顔を火傷《やけど》する惧《おそ》れがあるので、若干の工夫が必要となる。内供は、折敷《おしき》へ穴をあけて、それを提の蓋《ふた》にして、その穴から鼻を湯の中に入れることにした。鼻だけは、指を入れられぬほどの熱湯に浸しても、少しも熱くは感じない。

茹で上がった頃を見計らって折敷の穴から引き抜くと、鼻は、ほかほかと湯気が立ち、蚤が食ったようにむず痒《がゆ》い。内供は床板の上に横様に寝転がり、弟子に鼻を足で踏むよう命じた。

——きつう責めて踏むのじゃぞ。

内供は自《みずか》ら念を押した。実際いくらきつく踏まれても、鼻は痛いより、却《かえ》って気持ちのいい位であった。

しばらく足で踏ませていると、やがて鼻の毛穴毎《ごと》に粟粒《あわつぶ》のようなものが浮かんで来る。この粟粒の頭を鑷子《けぬき》で摘まんでそっと引っ張れば、たちまち、四分ばかりの長さで白い脂《あぶら》がするすると抜けてくる。

——奇麗に抜けるものじゃのう。

内供は眼を寄せて弟子の手元を眺め、いたく感心した様子でそう呟いた。

脂を一通り抜き終っても、鼻はまだ元の大きさのままである。この時点での鼻は、むしろ、毛穴がぶつぶつと開いて、我物ながらあまり見栄えの良いものではない。そこで、これをふたたび初めのごとく、折敷の穴に突っ込み、しばらく茹でる。そうして次に鼻を取り出してみれば、まこと不思議や不思議、鼻は見事に小さく変わっているのである。

内供は、弟子が恭《うやうや》しく差し出した鏡を覗き込み、満足げに頷いた。鼻は、今では僅かに上唇の上にかかるばかりである。これならあたりまえの鍵鼻《かぎばな》と大した変わりはない。

内供は鏡の中の自分の顔を眺めながら、次の講説日が早く来て欲しいような、けっして来て欲しくないような、複雑な心地がするのであった。

内供の気持ちにはお構いなく、寺で講説が行われる日がやってきた。

その日、内供は何時《いつ》ものように朝早く眼を覚ました。蔀《しとみ》を上げた縁に立って見上げると、雲一つない澄んだ秋空が高く頭の上に広がっていた。塔の屋根にうすい朝日が差して九輪《くりん》がまばゆく輝き、庭の植え込みには龍胆《りんどう》が鮮やかな紫の色をうつしている。鼻は——依然として短いままであった。

内供は一瞬ちらりと満足げな笑みを浮かべると、部屋に戻り、弟子に手伝わせて急いで支度を済ませた。女が来るのを門まで出迎えようと思ったのだ。

やがて、見覚えのある車が寺の前に止まった。内供が息を詰めて見守る中、車箱《はこ》から女が、心持ち腰をかがめ加減にして姿を現した。扇で顔を半ば覆い、紅梅や萌黄《もえぎ》を重ねた上へ、紫の袿《うちぎ》をはおっている。女は、供回りの一行を連れて、山門に続く石段を真っすぐに上《のぼ》ってくる。山門をくぐったところで、女はふと顔をあげ、内供を見た——。

女の視線は内供の上を通り過ぎた。いや、判らなかったのではない。明らかにそこに内供がいることに気づきながら、女はいつものようにほほ笑みを浮かべるでもなく、唯、あれどもなきがごとく、そこに何ものも存在していないかのように、視線を通過させたのだ。

内供はぽかんと小さく口を開けて、女の後ろ姿を見送った。愛すべき内供には、なんとしても、この謎に答えを与えるだけの明が欠けていた。

——女にとって、内供の鼻はただの鼻ではなかった。人並み外れた非凡な鼻こそは、内供がこれまでに積んできた高い徳の証拠であると見なしていたのだ。仏の教えにのみ慰めを見る女にとって、鼻の短くなった、つまり徳を失った内供は存在しないも同然であった。

勿論《もちろん》女自身、とっさにそこまで言葉にして考えたわけではない。まして内供には、このとき女の心の中でどのような作用が起きたのか知る由もなかった。それでも内供は、自分が何か、取り返しのつかない失敗をしでかしたらしいことだけは、はっきりと判った。

内供は愕然とした。鼻を得たところで、世界を失ってはなんになろう。その後二、三日、内供は食事もろくにのどを通らなかった。
四、五日も経つと、療治の効《げん》は消え、内供の鼻はまた元のようになった。上唇の上から顎の下まで、五、六寸あまりもぶら下がっている、以前と同じ、あの長い鼻である。
内供は怏々《おうおう》として楽しまず、日毎に機嫌が悪くなった。弟子の一人が気を利かせて、今一度鼻の療治をするよう申し出た時、内供は恨めしげにじろりと弟子を睨みつけ、無言でその場を立ち去った。例の板で鼻を持ち上げる当番に当たった別の弟子は、内供が飯を食う間中、ねちねちと厭味を云われ続けた。なんでも、板の動かし方が悪いと云うのだ。内供は「我非《あら》ずして、止事無《やんごとな》き人の御鼻を持上げむには此《かく》やせむと為《す》る」と云って弟子を責めた。この弟子が、後で蔭に回って「世の中に、内供の他にあんな鼻をした方がおありなものか」と口を尖らせたのは、まったく無理もない話であった。

弟子たちはまたいつしか「内供はいまに法慳貪《ほうけんどん》の罪を受けられるぞ」などと陰口をきくようになった。一方で、例の悪戯者の中童子たちが躍り上がって喜んだのは、いうまでもないことである。

池の尾の寺で、再講説《ふたたび》が行われる日がやってきた。内供は、内心兢々《きようきよう》としながらも、やはり門まで女を出迎えずにはいられなかった。

頭の上には相変わらず良く晴れた秋空が広がっている。やがて車が止まり、車箱の中から女が姿を現した。扇と紫の袿が見える。女たちの一行が山門に向かって石段を上ってきた。――前回と何一つ変わりはない。内供は突然、その場から逃げ出したくなった。結果がひどく恐ろしかった。今度女の視線が自分の上を通り過ぎるようなことがあれば、とても生きてはいけまいと思った。

山門をくぐったところで、女が顔を上げた。

女は、内供に気づくとにこりとほほ笑んだ。まるで何ごともなかったように。

シガレット・コード

ＪＴ（日本たばこ産業）からの依頼で書いた作品です。「作中に〝一服ひろば〟の文言を入れて下さい」との条件があり、折角なので少し工夫をしました。興味のある方は「一服ひろば」がどこに隠れているのか是非探してみて下さい。ヒントは〝コード（暗号）〟。

「ジョーカー・ゲーム」シリーズ第三弾『パラダイス・ロスト』収録の「誤算」の所謂《いわゆる》前日譚ですが、単独作品としても楽しんでもらえるのではないかと思います。

1

一瞬、違和感を覚えて、島野亮祐《しまのりょうすけ》は足を止めた。

通り沿いの商店のショーウィンドウを覗くふりをしながら、背後の状況を確認する。

ガラスの表面に尾行者の姿が映っている。ぎょろりとした目、冴えない服装の小柄な中年男だ。あれは――。

違う、秘密警察ではない。

基本的な尾行の仕方も知らない素人、おそらく一般市民だ。

島野は軽く首をかしげ、ショーウィンドウから顔をあげた。

たったいま、モンパルナス駅近くのカフェで伝書係《クーリエ》と接触したばかりだ。

カフェを出た瞬間から尾行者の気配には気づいていた。スパイ活動に裏切りは付き物だ。情報提供者が寝返る可能性は常に存在する。情報提供者に〝売られた〟リスクは覚悟していたのだが――。

一般市民に尾行される事態は予想外だった。

(なるほど。これが外国の軍隊に占領されるということか)

島野は皮肉な笑みを浮かべ、ポケットから煙草を取り出した。

何もせずに道端に突っ立っている人物は目立ち過ぎる。

煙草に火をつけ、一服する。

これで誰も気にしない。

尾行者の存在を視界の隅に捉えながら、島野はそれとなく周囲を見回した。

パリの目抜き通り、シャンゼリゼ。だが、目につくのはドイツの国旗ばかりだ。ドイツ語の交通標識や、「ドイツ将校専用」と表示されたレストラン。きわめつきはエッフェル塔のてっぺんに翩翻《へんぽん》とひるがえるハーケンクロイツ旗だ。

あらゆるものが、ドイツ軍によるパリ占領の事実を告げていた。

一九四〇年六月十四日。ドイツ軍がフランス国境を越えて電撃的に侵攻、フランス側の油断と戦略ミスが重なり、パリは実質〝無血開城〟でドイツ軍に明け渡された。

〝花の都〟と呼ばれた文化都市パリは、一夜にして外国の軍隊が支配する街になった。そこでは、力を持つ者にしっぽを振るあさましい連中が必ず出てくる。たとえば密告者——時の支配者に媚び、社会の異端者を恭しく差し出す者たちが。万国不変の真理。自由、平等、博愛を掲げるフランスでも、その状況は変わらない。

いま島野の後をつけている男はたぶん、ドイツによる占領前からパリをうろつくアジア人に好意を持っていなかったのだろう。だから、たまたまカフェで見かけた〝アジア人〟島野を尾行してきた。

少しでも怪しいと思えば、男は秘密警察に駆け込むはずだ。占領ドイツ軍が、フランスの秘密警察を使って密告を奨励しているのだ。確かな証拠など必要ない。疑わしいと思うだけで充分だ。報酬は百フラン。わずかな小銭をかせぐためだけにも、男は島野を密告しかねない――。

やっかいだな。

島野は立ちのぼる煙草のけむりに目を細めた。

情報の受け渡しには万全を期している。カフェで受け取ったメモには、情報提供者から提示された接触の場所と時間が暗号で書かれていた。島野はメモを一読、内容を暗記して、その場で燃やしてきた。たとえいま尋問されても困ることは何もない。だが――。

島野が持っているパスポートは偽物だ。日本からの私費留学生という経歴も偽《にせ》なら、島野亮祐という名前も偽名だった。

外国に潜入したスパイはその存在自体が違法だ。万が一正体がばれれば、闇から闇に葬り去られる……。

ショーウィンドウに目をやると、冴えない服装の中年男が相変わらず偏執的な目つきで島野を見つめていた。

煙草を唇の端にくわえたまま、島野は踵《きびす》を返し、男に背を向けて歩きだした。

尾行者の気配が背後についてくる。

一度密告者となった者は自分の身を護《まも》るために堕《お》ちていく。彼らは一度目をつけた相手を偏執的につけ回し、何としても怪しいところを見つけだそうとする。本末転倒も甚だしいが、密告という行為には麻薬に似て、どこか理屈の通らない狂ったところがある――。

ここから先はわずかな判断ミスが命取りになる。

情報提供者が伝書係を通じて指定してきた接触日時は〝三日後〟の〝夜十時〟だ。

それまでに、何か手を考えた方が良さそうだった。

2

服従か抵抗か。

平和か戦争か。

無能な政治家ほど、国民に二者択一を迫る傾向がある。

敵か味方か。白か黒か。剣かオリーブか。あれか、これか。

現実の国際政治はそんな単純なものではない。白と黒の間に無数の灰色が存在するように、政治的選択肢は状況に応じて常に複数存在する。ただ、無能な政治家の目には見えないだけだ……。

島野は広場のベンチの一つに腰を下ろした。

ポケットから煙草を取り出し、マッチをする。

夜の闇にぽっと小さな炎が浮かび上がった。

午後十時。

ちょうど待ち合わせの時間だ。

周囲を見回すと、広場の外周に沿って置かれたベンチに人影らしきものが見えた。街灯が消えているため、誰がベンチに座っているのかまではわからない。目を凝らすと、ほとんどのベンチには人影が二つずつ、ぴったりと寄り添うように座っている。たとえ占領下でも、パリの恋人たちの逢瀬を邪魔することは不可能だ。

〝人の恋路を邪魔するものは、馬に蹴られて死んじまえ〟

島野は声には出さずにそっと呟いた。

暗号名ソロモン。

それが、今夜、島野が接触を予定している〝デート〟のお相手だ。

ソロモンの正体は、今回の任務を命じられた際にはじめて知らされた。

今回のドイツとの〝休戦交渉〟でも重要な役割を果たしたフランスの有力政治家だ。そんな大物を、いかにして日本軍の〝協力者〟に仕立てあげたのか。事情はわからない。任務にあたって島野はあえて尋ねなかったし、そもそも訊いて答えてくれるような相手ではない――。

任務を命じた相手の姿が一瞬脳裏をよぎり、島野は唇の端を皮肉な形に歪めた。

結城中佐。

〝魔王〟と呼ばれている男だ。

軍人至上主義の日本帝国陸軍内に民間人のみを採用する異色のスパイ養成機関を作りあげ、目を見張る実績を挙げることで周囲の雑音をねじ伏せてきた。

D機関。

結城中佐率いる諜報機関は陸軍内で、畏怖と嫌悪を込めてそう呼ばれている。

ソロモンの立場と活動年数を考えれば、彼を協力者に仕立てあげたのは結城中佐本人と見て間違いあるまい。

金。愛国心。女。家族。酒。麻薬。賭博への情熱。

誰にでも他人に言えない秘密が存在する。場合によっては、当人すら気づいていない弱みが。

結城中佐は標的《ターゲット》を徹底的に調べあげ、その弱みを握った。買収か、脅迫か。どんな手段を使うかは相手次第だ。スパイにマニュアルは存在しない。

——目に見えるものがすべてだと考えるな。

結城中佐はD機関に集められた島野ら研修生を見回し、氷のように冷ややかな声で言い放った。

スパイは幾つもの顔を持つ。決して正体を暴かれてはならない。必要なのは広い視野だ。常に疑い、そして己の頭で徹底的に考えること。

島野は煙草をくゆらせながら、周囲に油断なく目を配った。

夜の闇の中に、ベンチに座った者たちが吸う煙草の赤い光が点々と浮かんで見える。

ふと、胸の内に奇妙な感じを覚えた。

それが連帯感であることに気づいて、島野は自分でも意外な気がした。

予期せぬ感情に苦笑しそうになり、次の瞬間、はっと真顔に返った。

複数の人の気配。囲まれている。

靴音が近づき、島野の前でぴたりと止まった。

懐中電灯の明かりを顔に向けられる。

島野は顔の前に手をかざして光を遮り、相手の様子を窺った。

灰色の上着、同じ色のソフト帽を目深《まぶか》にかぶった数人の男が島野をとり囲むように立っていた。

「おくつろぎのところ申し訳ないが、少し話をきかせていただきたい」

灰色の服を着た男の一人が囁くような低い声で島野に言った。

「われわれと一緒に来てもらえますね」

物の言い方こそ丁寧だが、独特の気配は間違いようがない。

フランスの秘密警察だ。

島野は軽く肩をすくめ、吸いかけの煙草をもみ消してベンチから立ち上がった。

3

ひまだったから、だと？

取調官は疑わしげに眉を寄せて呟いた。

パリ・オペラ座近くの裏通りに面した建物の一室。

四方を壁に囲まれた窓のない部屋の中には、机と椅子が置かれているだけだ。机を挟んで島野の正面に取調官。背後にはさらに二人、同じような灰色の服を着た男たちが部屋の唯一の出入り口であるドアの前に立っている。

強引に逃げ出すのは諦めた方が良い。

取調官が、机の上に広げた島野の旅券《パスポート》にちらりと目をやって言った。

「だが、ムッシュ・シマノ、きみは日本からわざわざ海を渡ってフランスにやって来た。目的は〝フランス文学を学ぶため〟だ。そのきみが、夜の公園で何をするでもなく、たっぷり小一時間もただベンチに座っていた。その理由が〝ひまだったから〟と言うのかね？」

「なにしろ、最近は大学の講義はほとんど休講でしてね」

島野は大仰に両手を広げ、うんざりした顔で付け足した。

「担当教授が大学を追われてしまったのですよ――彼がユダヤ人だという理由でです」

取調官は短く沈黙した後、質問内容を変えた。

「あの場所で、誰かと待ち合わせをしていたんじゃないのか」

「誰かと？　待ち合わせ？」

島野はきょとんとした顔で相手の言葉を繰り返した。首をすくめ、左右を見回して訊《たず》ねた。

「いい加減、教えてもらえませんかね。これは何の騒ぎです？　ぼくがいったい何をしたというのです？　なるほど、ぼくは今夜ひまを持て余してベンチに座っていました。何本か煙草も吸った。しかし、それが何だと言うのです？　誰かと待ち合わせ？　あなたたちは何を疑っているのです？」

取調官は、島野の背後に立った男たちと目配せを交わした。軽く頷き、唐突にある人物の名前を口にした。

「彼を知っているかね？」

取調官の問いに、島野は無言で頷いてみせた。

フランスの有力政治家だ。彼の名前は誰でも知っている。だが——。

「昨日、きみが彼宛に出した葉書の写しだ」


〝彼の頭には一人の女しかなかった。若いアルルの女だ〟


見覚えのある文面を目の前につきつけられて、島野は顔をしかめた。

「ひどいな。この国《フランス》じゃいまや私信の秘密も守られないのか……」

「残念ながら、葉書の文面に私信の秘密は適応されない」

取調官はそっけなくそう答えると、机の上に葉書の写しを置いて島野に訊ねた。

「これは何だ？」

「何って、ドーデーの小説ですが……」

「そんなことは日本人のきみに言われなくてもわかっている」

取調官は手を振って島野の言葉を遮り、苛立たしげに訊ねた。

「なぜ日本人のきみが、わが国の政治家宛にわざわざドーデーの文章を書き送ったのか、その理由を訊ねているのだ」

「先日彼がラジオ・パリでお気に入りの作家だと喋っていたのを聞いたからですよ」

島野は肩をすくめて答えた。

「ぼくの大学の専攻もドーデーでしてね。嬉しくなって、彼に葉書を書いたのですが……いけませんでしたかね？」

取調官は眉を寄せ、しばらく思案している様子だった。再び口を開いた。

「今夜きみが座っていたベンチから、彼の屋敷が正面に見える。知っていたかね？」

島野は無言で首を横に振った。

取調官はじっと島野を見つめ、ふいに「ふん」と鼻を鳴らした。肩から力が抜け、顔の筋肉が緩んだ——島野に対する疑いが晴れたらしい。

「話は以上だ。もう帰ってもらって結構。ご協力、感謝する」

取調官が合図すると、背後に立っていた二人の男たちが左右に動き、ドアを開けた。

気が変わらないうちに立ち去るに限る。

島野は立ち上がり、踵を返した。

「一つ忠告しよう」

背後から呼び止められた。

振り返ると、取調官が机の上に両肘をつき、顔の前で指を組み合わせていた。

「きみに今夜ここに来てもらったのは、きみに対する密告があったからだ。きみは運が良かった。ゲシュタポの取り調べならこうはいかない。これからはせいぜい気をつけて、疑わしい行為は謹むことだ」

「……わかりました」

「それから、もう一つ」

取調官は机の上の葉書の写しを指さして言った。

「きみが葉書を出した相手の名前は“Morse《モールス》”ではなく“Morris《モーリス》”だ。せっかく日本からフランス文化を学びに来たのなら、フランス語の綴りくらいは覚えて帰りたまえ」

4

ロンドンの出方次第——。

島野は昨夜ソロモンから受け取った極秘情報を頭の中で反芻して、唇の端に微妙な笑みを浮かべた。

他力本願。

それが現在《いま》のフランス政府の本音ということだ。

十字路で足を止め、顔をあげた。

あちこちにドイツ国旗がひるがえり、軍服を着たドイツ人が我が物顔で闊歩している。

これがパリだ。

自由と享楽、文化と退廃の都だったパリの面影はどこにも見当たらない。あのプライドの高いパリ市民が、ドイツ軍による占領の事態をかくも容易に受け入れたとは、正直驚きだった。

島野はポケットから煙草を取り出し、唇にくわえて火をつけた。同時に、手の中に隠し持った鏡で背後の尾行者の姿を確認する。ぎょろりとした目、冴えない服装の小柄な中年男――。

例の密告者だ。

男は、自分がせっかく密告した相手がすぐに釈放されたことに納得していない様子だった。二度目、三度目の同じ密告に秘密警察が金を払うとは思えない。男は密告という行為自体に取りつかれているのだ。

だから、それを逆に利用した。

島野は吐き出した煙に目を細め、ニヤリと笑った。

ソロモンとの重要な接触任務直前、島野は偏執的な尾行者がつきまとっていることに気づいた。通常ならば任務に支障を来しかねないトラブルだ。が、島野はこのトラブルを逆手にとり、最大限利用することにした。素人の尾行を振り切るだけなら、手のひらを返すより簡単だ。島野はあえて隙を見せ、男に自分を尾行させた。わざと怪しい素振りをして、男が秘密警察に駆け込むよう仕向けた。

昨夜、秘密警察に取り調べを受けることになったのは島野の計画どおりだ。入念な取り調べの結果、秘密警察は島野が潔白だと判断した。

人は一度自分で探した場所は探さない。今後は密告があっても、島野に関する彼らのチェックは甘くなる。〝狼が来たぞ〟の譬《たと》えどおり、同じ男が何度駆け込んでも秘密警察はもはや男の言葉を信用しない。偏執的尾行者は、今後はむしろ島野の潔白を証明する存在として機能することになるはずだ。

手近な状況を最大限利用する。それがスパイのやり方だった。

島野は煙草の火を丹念にもみ消して歩きだした。

頭の中でソロモン情報の続きを確認する。〝現状、フランス国民の九割は傍観者として現状を肯定。残り一割の内、ドイツへの積極的協力者が八割、対独抵抗者《レジスタンス》は全国民の二パーセント程度〟。

昨夜島野は、秘密警察の目の前でソロモンからいくつかの内部情報を受け取った。

非接触法。

煙草の火を使ったモールス信号でだ。

偏執的な尾行者の存在に気づいた時点で、ソロモンから指定された直接接触は諦めざるを得なかった。島野はソロモン宛に葉書を出し、接触方法の変更を伝えた。葉書の文面に私信の秘密は適応されない。誰の目に触れるかわからない葉書に重要な情報を書くはずがない。ましてや、書かれているのはフランス人なら誰でも知っている国民的作家ドーデーのありふれた文章だ。ここでも島野は人の思い込みを逆に利用した。案の定、フランスの秘密警察は島野に対する疑いをあっさりと解いた。だが――。

ソロモンとは別の取り決めがある。

葉書を受け取ったソロモンは、その文章が載っている手持ちの本のページを開く。各段落の頭の文字を拾えばある単語が浮かび上がる。

予《あらかじ》め取り決められた単語の意味は〝自室で待機〟だ。

その上で島野は相手の名前の綴りをわざと間違えて書いた。モールス。ソロモンには海軍経験がある。〝モールス〟が何を意味するかは一目瞭然のはずだった。

昨夜、島野は広場のベンチに座り、煙草を取り出した。ベンチからはソロモンの屋敷が見通せた。

時間ちょうど。島野とソロモンは同時に煙草に火をつけた。そして、暗闇の中、煙草の火を手で覆って作る短点（トン）と長点（ツー）の組み合わせで秘密情報のやり取りをしていたのだ。

島野は二重の意味でフランスの秘密警察の目を欺いた。

ソロモンから受け取った情報の多くは、島野の調査結果とも一致している。

〝レジスタンスは全国民の二パーセント程度……〟

島野は微《かす》かに眉を寄せた。

問題は、数字の中身だ。

彼らの実力がどの程度のものなのか？　組織化の程度は？　武器の有無は？　そういったことを正確に見極める必要がある。ベストはレジスタンスの組織に直接潜り込むことだ。だが、現在ドイツと軍事同盟にある日本からの留学生を彼らが仲間として受け入れるとは思えない——。

島野の目に、その時あるものが飛び込んできた。

5

ばあさん、いいぞ。その調子だ。

島野は集まってきたやじ馬たちに紛れて密《ひそ》かにほくそ笑んだ。

パリ郊外の民家の中庭に、さっきから老婆の金切り声が響き渡っている。

「うちから出ていけ、ドイツ野郎《ボッシュ》どもめ！」

老婆は拳を振り上げ、しわくちゃな顔を真っ赤にして、さらに怒鳴る。

ドイツの田舎者！　じゃがいも食い！

騒ぎが大きくなるにつれて、周囲に集まるやじ馬たちの数も増えていた。

老婆は集まった者たちに向き直り、両手を天に突き上げて大声で訴えた。

「ドイツ軍が来て、あたしの家を乗っ取っちまったんだよ！　あたしは自分の家から出て行けと言われて、ほうり出されたんだ。こんな理不尽なことがあるものかね。あれはあたしの家だ。ほら、あんたたち、何をぼっとしてるんだい。あたしの家からドイツ野郎どもをさっさと追い出しておくれ！」

老婆の要求に、しかし集まった者たちは顔を見合わせるばかりだ。

パリはドイツ軍の占領下にある。

彼らが関わり合いを恐れて遠巻きに見ているだけだったとしても無理はなかった。相手にされないとわかると、老婆は中庭に落ちていた石を拾って投げつけはじめた。ドイツ軍に占領された自分の家のガラス窓を割ろうというのだ。

幸か不幸か、老婆の投げる石は窓まで届かなかった。老婆は地団駄を踏み、また金切り声をあげた。

くそナチ！　変態ファシストどもめ！　ヒトラーなんか地獄に堕ちるがいい！

途端に、家の中からドイツ兵たちが飛び出してきた。

ドイツ兵たちは老婆を取り囲み「反ナチス的発言、及び総統《フューラー》への暴言を撤回し、謝罪しない場合は銃殺する」と告げた。ドイツ人一般に対する悪口は許せても、ナチス及び総統への暴言は許されない。

だが、老婆は聞く耳を持たなかった。

くそナチ！　変態ファシストどもめ！　ヒトラーなんか地獄に堕ちるがいい！

かん高い金切り声をあげ続けた。

屈強なドイツ兵たちの手で、老婆は門の外に引きずり出され、広場の木に縛りつけられた――本気で銃殺する気らしい。

その間にも、やじ馬の数はさらに大きくなる。

島野は周囲を見回し、集まった者たちの中にようやく目指す相手の顔を見つけた。

アラン・レルニエ。ひょろりと背の高い、手足の長い若者だ。心配そうに眉を寄せているが、普段は気持ちの良い微笑と茶色の優しい目をしたパリ大学の学生。と同時に、彼は占領下のパリで活動する対独レジスタンス組織の指導者の一人でもある。

目の前の騒動は、島野が仕組んだものだった。

数日前。自宅を接収されて憤慨している老婆に出会った島野は、彼女に暗示をかけ、幾つかの言葉を吹き込んで、ドイツ兵たちのもとへと送り込んだ。

アランが近くの隠れ家に潜入していることは事前に調査済みだった。

騒ぎが起きればアランは様子を見に来る。彼の目の前で老婆を助ける。当然、ドイツ兵と揉《も》めることになるだろう。

それが狙いだ。

現在ドイツと軍事同盟を結ぶ日本人の島野が対独レジスタンス組織に潜入するためには、このくらいの思い切った手段が必要だった。

くそナチ！　変態ファシストどもめ！　ヒトラーなんか地獄に堕ちるがいい！

相変わらずの金切り声だが、当の老婆に意味がわかっているかどうかは怪しいものだ。

島野は状況を窺い、老婆を助けに出る最高のタイミングを計った。

ここまでは計算どおりだ。あまりにうまく行き過ぎて気味が悪いくらいだった。こんな時こそ思わぬ誤算が生じやすい。

一瞬、闇の中で煙草を吸う男の後ろ姿が脳裏に浮かんだ。振り返ったその横顔は——。

島野は軽く目を細め、唇の端に微かな笑みを浮かべた。

何があっても切り抜けてみせる。それがD機関のスパイの矜持《プライド》だ。
島野は一つ息を吸い、人込みの中から歩み出した。

策士二人

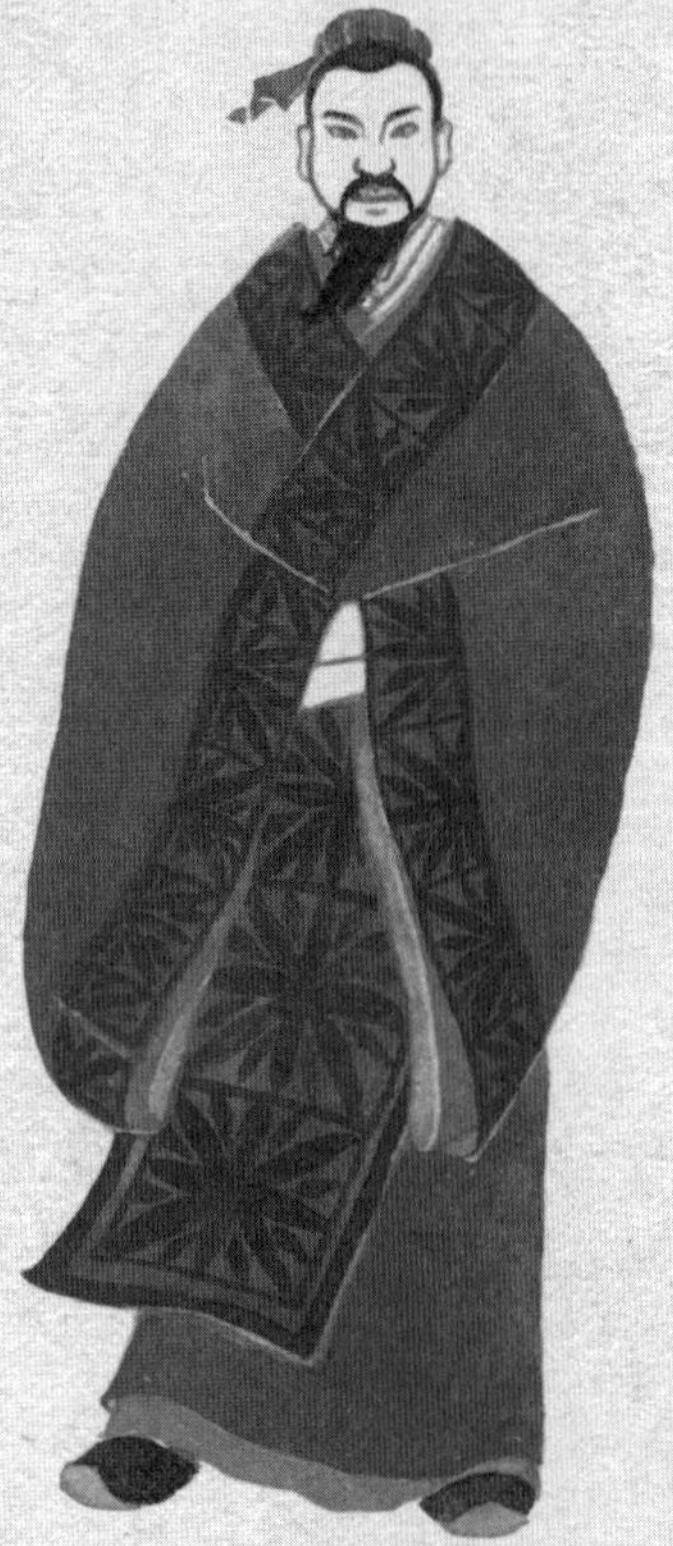

文芸誌初出の際は短いバージョンだったのですが、今回もとの長さに戻しました。原典は司馬遷の『史記』。いまから二千年以上前に書かれた作品です。最近は『史記』ネタの漫画やアニメも発表されているようですが、時代を超えて創作者にインスピレーションを与え続ける〝古典〟の力はやはり凄い。司馬遷、恐るべしです。

1

或《ある》いは師・龐涓《ほうけん》のみが、その若い門人を理解しえた唯一の人間であったのかもしれない。

凡《およ》そ兵法家《ひょうほうか》を志す者は虚勢を張る傾向が強く、龐涓自身もこの臭気の強すぎる男だったが、新入りの門人に至ってはほとんど佯狂《ようきょう》かと思われるほどにその癖があった。

若者が入門して後間もなく、龐涓は次のような光景を目にしている。

その時、門人たちはいつものように木片を使って「城攻め」の模擬演習を試みていた。門人たちは二組に分かれ、一方が木片で城を組み、他方が木片を兵に見立てて城を攻めてその勝敗を競うのである。一見すると遊んでいるようにも見えるが、門人たちの顔付きは真剣だった。用兵において「攻城」は最大の難事である。それだけに城攻めの法を能《よ》く用いる者は、一朝《いっちょう》事有ればたちまち諸侯《しょこう》の求めるところとなる。兵法家としての栄達を夢見る門人たちにとって、攻城演習は冗談事ではありえなかったのである。

戦況は城側の圧倒的有利であった。攻め方は何度か手を変え、或《ある》いは陣を変えて攻めるのだが、その度に無意味な犠牲を出して退却させられた。そして持ち駒も少なくなり、ついに攻め方が音《ね》を上げようとした時、それまでじっと見ているだけだった若者が初めて手を出した。若者は少なくなった駒を進めると、兵を一点に集中した。すると、たちまち防線の一角が破れ、城が奪われた。

他の門人たちは、若者の鮮やかな攻め手に感嘆の声を上げた。それは、守っていた側でさえ、破られてからその一点が手薄であったことに初めて気づいたほどである。傍《かたわ》らで見ていた師・龐涓も、思わず「善し」と言った。

だが、若者は皆の称賛には一向取り合わず、つまらなそうに木片を投げ出すと、口元に薄笑いを浮かべたまま他の門人たちの顔をぐるりと見回した。そして、

「だいたい城を攻めるなんてのは、下の下ですよ」

と言い、さらに、

「こんな無意味なことをやっているくらいなら、昼寝でもしていた方がましでしょう」

若者はそう言うと、きゃっと笑った。

真剣にやっていた演習を「無意味」「昼寝でもしていた方がまし」と言われては、腹を立てない方がどうかしている。この一事だけでも、若者が他の門人たちからの反感を買ったのは間違いがなかった。

又しばらくして、龐涓は別の〝事件〟に出くわした。

当時、戦《いくさ》の吉凶は、まず亀卜《きぼく》や筮竹《ぜいちく》によって占われていた。龐涓の門人たちもこれらを重く見、研鑽《けんさん》を怠らない。その為に各々が古書をひもとき、互いに意見を交わすのが常であった。しかし、一人新参の若者だけはこの議論に決して加わろうとしない。それどころか、場の外にい

て、いかにも小馬鹿にしたようなにやにや笑いを浮かべて眺めているのである。

龐涓が顔を出した時、丁度、憤慨した古参《こさん》の門人が顔色を変えて若者を問い詰めている所であった。

「爾《なんじ》、既に能く亀卜・筮竹に通じるや？」

「知らず」

と若者の答えは明快であった。古参の門人はいささか面食らいながらも更に問うた。

「されば、いかにして戦の吉凶を知るや？」

「間《かん》を用ふ」

と若者は言葉短く答えた。

〝間〟とは〝閒〟とも書き、要するに間諜《スパイ》のことである。若者は更に、

「戦は鬼道《きどう》にあらず。ただ、人の行うのみ」

と言うと、又きゃっと笑った。甲高い笑い声は若者の癖である。このいかにも子供じみた幼い笑い声は、しかし時としてひどく神経に障った。古参の門人も、むっとした顔で若者に背を向け、以来若者とは一切口をきかなくなった。

一事が万事この調子である。若者が、門人たちの中で孤立して行ったのは蓋《けだ》し当然であった。

「新参の若造の中には時折、妙なことを思いつく者がいるようだが」

と門人たちは、座に加わらぬ若者の面前で少しも憚《はばか》らずに語りあった。

「何、それとて所詮《しょせん》兵法を知らぬ者の奇手に過ぎぬ。次元の違う者と、訳の分からぬ議論をした

ところで何も始まらぬわ」

若者は、これをにやにや笑いながら聞いているばかりであった。

後から振り返れば、この時の門人たちの洞察は的を射ていたと言えなくもない。この頃、他の門人たちと若者とでは、数段次元が異なり、それが為に話がかみ合わなかったのは事実であった。

但し、数段上にいたのは若者の方である。

若者は、後に一冊の兵法書を書き上げることになる。その後二千年の長きにわたって兵法家の聖典とされるその書では、「城攻め」の言葉は次のような文脈で用いられている。

「戦において最も優れているのは、百戦して百勝することではない」

と記述は、如何《いか》にもこの若者らしい反語的表現で始められている。

「戦わずして敵の兵を屈するが善の善である。故に、最も優れた兵法家とは、敵の計り事を未然に防ぐ者である。その次に優れた者は、敵の外交関係を切断してこれを孤立させる。その次が、敵の兵を能く破る者である」

と言い、最後に、

「城を攻むるは百害あって一利なし。これ、まさに下の下の者の為すところなり」

と言い切っている。

「木切れで城攻めの演習をするくらいなら、昼寝でもしていた方がまし」

と言った若者の言葉は、つまりこういうことであったのだ。

又、「聖典」の別の項には次のような記載を見つけることも出来る。

「先知は鬼神に取るべからず。亀卜や筮竹に象《かたど》るべからず。日月《じげつ》や星辰《せいしん》の運行に驗《よみ》すべからず。必ず人に取りて敵の情を知るなり。故に間を用ふ」

占いによっては敵の情報を知ることはできない。情報を得る為には人《スパイ》を用いなければならない、と徹底して言い切る合理主義精神には、今日の我々でさえ驚嘆の念を禁じ得ない。


龐涓の下で学ぶ門人たちは、若者の言わんとするところを理解しない。それは勿論《もちろん》、若者の言葉が不足しているせいではある。しかし、もし若者がいくら言葉を尽くして説明したところで(実際にはそういうことはあり得なかったのだが)、彼らが納得したかどうかは疑わしい。なぜなら、当時にあって「兵法」とは畢竟《ひっきょう》、野戦・攻城の技術を指すのであり、せいぜいが亀卜や筮竹による吉凶の解読方法を含めたものであった。つまり、これらの法をよくする者が「優れた策士」として諸侯に重用されていたのだ。


諸侯に取り立てられることを目的とする兵法と、若者の説く兵法とにはそのスケールにおいて遥《はる》かな懸絶があった。盲人が象を撫《な》でてついにその姿を知ることが出来ないように、他の門人たちにとって若者の思い描く兵法は窺い知ることのできない巨大なものであったのである。

が、そんな中にあってただ一人、当時近隣諸国に「当世随一の策士」として聞こえた師・龐涓のみは、さすがに新しい時代を開くことになるこの若者の天才に気づいていた。龐涓は内心、若者の言葉の一々に舌を巻き、時として異端者を排斥しようとする他の門人たちから若者を庇ってやっていたのだ。若者もそのことに気づいていたのだろう。傲岸不遜《ごうがんふそん》な彼が、師に対してだけは時折甘えたような態度でなついてくることがあった。そんな時、若者の顔をよくよく眺めてみれば、若者と言うのも憚られるほどに、まだあどけなさを残す少年である。

若者の屈託のない笑顔を見て、しかし師の龐涓は心中慄然《りつぜん》としていた。

(彼はこの若さで既に兵法の何たるかを知り、更に己が独自の兵法を編み出さんとしている。後年、彼が成長した暁に、わたしは彼が用いる兵と対峙して、果たしてこれを能く破り得るであろうか……)

龐涓は、なるほど若者の天才を知る唯一の理解者であった。それは同時に、若者の存在を深く恐れる唯一の人間であることをも意味していたのである。

2

不思議なことに、後世「不出世の天才兵法家」と賞せられるこの若者の名は今日に伝わっていない。従って、当時彼が何と呼ばれていたか、今となっては知ることができないのだ。

彼については、ただ「孫臏《そんぴん》」という奇妙なあだ名だけが残されている。「孫」は若者の姓であろう。が、彼の生涯のあだ名「臏」の由来となる〝或《あ》る事件〟が起こるのは、これよりまだしばらくを待たねばならない……。

それから程なく、龐涓の元に魏《ぎ》の恵王《けいおう》からの使いが現れた。使者は恵王に代わって、龐涓を将軍として魏に迎えたい旨を伝える。

龐涓にとっては願ってもない好機であった。

謹んで承る旨を返事し、一旦使者を帰した龐涓は、門人たちを集めて事情を述べ、さて別れの宴が催されることになった。

門人たちはいずれも師との突然過ぎる別れを悲しんでいる様子だったが、中でも最も取り乱しているのが、あの新入りの若者であった。席上、若者は目を真っ赤に泣き腫らし、嗚咽をもらすばかりで、師の別れの言葉にさえろくに返事をできない有り様である。

いよいよ龐涓が魏に向かって旅立つ時も、若者は徒歩で師の乗る車にどこまでも付いてゆく。龐涓も胸を打たれ、車を止めて若者を呼んだ。そうして二人は互いに抱き合い、しばし美しい師弟愛の涙にくれた。

やがて、龐涓は若者に、行かねばならぬ時がきたことを告げた。

「名残はいつまでも尽きぬが、またいつの日か見《まみ》えることもあるだろう。その時には、共に世に聞こえた策士となっておろうぞ」

それが若者の耳にした師・龐涓の最後の言葉であった。

若者はその場に立ち尽くし、師を乗せた車の影が黄塵《こうじん》の彼方に遠ざかってゆくのをいつまでも見送っていた。

龐涓が魏に仕えて二年が経った。周室《しゅうしつ》は衰微《すいび》して既に久しく、諸侯の間には争いが絶えない。世はますます乱れてゆく。勢い、権力者たちはこぞって優れた策士を求めるようになった。

魏の将軍となった龐涓の耳にも、諸侯に新しく召し抱えられることになった兵法家たちの噂が入って来る。その中には、曾《かつ》ての門人の名も多く聞かれた。龐涓はその度に門人たちの仕官がかなったことを手放しで喜び、可能な限り祝いの言葉を届けさせた。

或《あ》るいは、龐涓のこの反応はいささか奇妙とも思われる。何しろ、国同士が争うことになれば、曾ての師弟は敵同士となり、戦場で己が生死を賭してそれぞれの兵法を用いることになるのだから。

龐涓はしかし、そのことについて一片の感傷をも持ち合わせてはいない。兵法家を志すとは、つまりそういった生き方を選択することに外ならない。そのことと師弟の情愛とは全く別の次元の話であった。もし将来、彼らが魏を脅かすことになれば、龐涓は何のためらいもなく自らの手を曾ての門人たちの血で染めるであろう。

そして、龐涓は少なくともその点において彼らを恐れてはいなかった。龐涓は曾ての門人たちの各々の長所も短所も知り尽くしている。

(兵を率いて、戦場で相見《あいまみ》えることになっても、彼らの虚をつくことはさほど難しい事ではない)

龐涓が恐れていたのは、世にただ一つ。あの若者の名前であった。

師との別れを惜しみ、流れる涙を拭おうともせずに車を見送っていた年若き門人。彼がいつか他国の軍師となり、彼が率いる兵共と自分が戦わねばならぬことを、龐涓は心中秘《ひそ》かに恐れていた。

しかし、その後も彼の名は一向龐涓の耳に入ってくる様子はない。思うに、若者の奇矯な性格と、何より既製の兵法概念を遥かに超越した彼の思想の巨《おお》きさが理解されないが為に、未《いま》だ仕官がかなわずにいるに違いなかった。

いつしか龐涓は、諸侯が新しく兵法家を召したという噂を聞く度に戦々恐々としている自分に気づいた。その度に苦笑しては、

「あの若者がいかに天分があるとしても、百戦錬磨のわたしの用兵の前にはやはりひとたまりもあるまい」

そう呟いてみる。が、それが気休めにしか過ぎないことを龐涓自身が一番よく知っていた。

歴史をひもとけば分かるように、新しい時代はいつもたった一人の天才によって開かれてきた。その天才を前にしては、些細な経験の積み重ねなど怒濤《どとう》の前の塵芥《じんあい》に等しいのだ。

龐涓の心は休まらなかった。諸侯が新しい兵法家を迎え入れたと聞く度に、

(今度こそあの若者が世に現れたのではないか?)

と恐れ、狼狽を隠せなくなってゆく。

やがて魏王の側近達の中に、将軍・龐涓の挙動に不審を抱く者が現れ出した。

最早一刻の猶予もならなかった。

幾晩かの眠れぬ夜を過ごした後、龐涓はついに一計を思いついた。

翌日、龐涓は早速一人魏都・梁《りょう》へと赴き、日頃親しくしている官吏の家を訪れた。将軍の突然の訪問に驚く官吏にむかって、龐涓は密かに何事かを告げた。

＊

若者の元に魏の一官吏からの使いが来たのは、それから一月ほど経ってのことである。

初め若者は使いの者に会おうとはしなかった。

（一国の王みずから礼を尽くして会いに来るならともかく、たかだか一賎吏《せんり》がごときの使いに会う必要などあるものか）

若者はそう考えていた。仕官かなわず貧窮の中にあっても、若者の狷介《けんかい》な性状と異常なまでの自恃《じじ》の念は少しも衰えていなかったのである。

その彼が急に気を変じたのは、使いの者が魏から来たことに気づいた時であった。

（魏と言えば、わが師が将軍となられている地ではないか？）

使いの者に問い正せば、確かにそうだと言う。若者は自分の唯一の理解者であった師のことを懐かしく思い起こした。龐涓は今では〝智将軍〟の異名を取り、その名は海蕭《かいしょう》のように海内《かいだい》に響き渡っている。

若者は不意にきゃっと笑うと、俄《にわか》に立ち上がってそのまま表に飛び出した。そうして、使者を急き立てるようにして魏への道を急ぎ始めた。

若者が初めて目にする梁の街並みは、さすがに晉《しん》時代来の諸侯国の都らしく、賑やかさの中にもどこか雅《みやび》たところの感じられる瀟洒な造りであった。

(この街を、わが師が守っておられるのだ)

若者は訳もなく得意な気持ちになった。

やがて若者をここまで案内して来た使者が、ある館の前で足を止めた。見れば、一官吏にしては些か分が過ぎるほど立派な館である。

「主《あるじ》に貴方様の来訪を告げて来ます故、しばらくここでお待ちください」

使者はそう言って館の中に姿を消した。街並みを物珍しげに眺めやっていた若者は、生返事を返しただけである。

……ある種の天才がそうであるように、若者は一方でほとんど佯狂かと思われるほど狷介で猜疑に満ちた性状でありながら、又、別の一点においては全く幼児の如く無防備な一面をも持ち合わせていた。もしこの時、若者がちょっとした注意力を働かせていれば、使者のおどおどと落ち着きのない態度や、慌てて館へ駆け込んでいったその後ろ姿から何事かの変事に気づいたはずである。

しかし若者は、まるで初めて万華鏡をのぞき見た子供の様に、梁の街並を眺めているだけであった。それどころか、館の中から棒や梯子《はしご》を携えた者共がばらばらと走り出て来たことにさえしばらく気づかずにいたのだ。

視界を無粋に遮る者共の存在に若者が気づいた時、彼は既にびっしりと取り囲まれていた。そ

れでも、

「何用か？」

と尋ねた若者は、まだ事の重大さに気づいていない。若者ののんびりした声に、周りを囲む者共は気勢を殺《そ》がれた様子であったが、中の一人が強《し》いて荒らげた声を発した。

「梁の街を騒がす罪人奴《ざいにんばら》が何をほざきやがる。おとなしくしやがれ！」

（梁の街を騒がす？　おとなしくする？）

若者には何のことかさっぱり分からなかった。分からなかったが、周りの者たちの態度は気に食わなかった。若者はつかつかと歩み寄り、正面にいた男の胸倉をつかむと矢庭《やにわ》に殴り倒してしまった。

彼は、もちろんそんなことはすべきではなかった。その証拠に、この一事をきっかけに、周りを囲む者共が一斉に若者に向かって躍りかかってきたのだ。

若者は手足を無茶苦茶に振り回し、悪鬼の如く暴れ回った。だが、如何せん、衆寡敵《しゅうかてき》せず、しかも若者は素手であった。殴られ、蹴られしてよろめいた若者は、突然背後から重量のある打撃を後頭部に喰らって昏倒した。

地に倒れた若者の上には、数人の男共がおり重なるように飛び掛かっていった。

若者が次に目を覚ましたのは、じめじめとした冷たい土の上であった。暗く、饐《す》えた匂いが辺りを覆っている。そろそろと首を巡らしたが、他に人の気配とてない。若者は上体を持ち上げて傍らの壁にもたれ掛かった。体を動かすとあちらこちらがきしむように痛んだ。しばらくして闇に目が慣れると、若者はようやく自分が狭い地下牢に押し込められていることに気がついた。時折、どこからか、まるで地の底からでも響いてくるような低い呻き声が聞こえている。どうやら拷問を受けている罪人の声らしい。

若者は初め、これは夢だと思った。しかしすぐに、これ程痛い夢はあるまいと思い直した。次に、現実ならば何かの間違いに違いない、きっと誰か別の人間と間違われたのだと思った（当時、〝人違いで投獄〟ということは決してあり得ない不幸ではなかった）。

若者の心を幾分軽くしているのは、ここが魏国内であるという事実であった。何しろ彼の唯一の理解者であったかつての師が、この国の将軍なのである。

（何かあったとしても、師が自分を救ってくれるであろう）

そう考えた若者は、最早この苦境を過去のものと見なした。そして早くも次の段階を思考し始めていた。

（ここから出たら、自分を殴った奴らを見つけ出して、必ず二倍にして返してやろう）

若者は、仕返しの様々な手を考えてはにやにや笑ってさえいたのである。

獄吏《ごくり》が現れ、牢から出るよう言った時も、若者は間違いが正された、つまり己の無実が明らかにされたのだと信じて疑わなかった。

若者が、自分が引き出されたのが外ではなく、処刑場であることに気づいた時の驚きは想像に難くない。

獄吏が二つの肉刑を言い渡した時も、若者はまだこれが何かの間違いだと思っていた。若者は獄吏に向かって、これは人違いであること、わが師は将軍・龐涓であることを懸命に述べたてた。しかし屈強な獄吏は若者の声に耳を傾けようともせず、冷たい手際良さをもって彼を刑台に縛りつけてゆく。若者は尚も事の非を説き続けた。

突然、獄吏の手元に鈍い光が発し、若者の声は悲鳴へと変わった……。

*

この国で昔から行われていた肉刑の主なるものとして、黥《げい》（入れ墨）・劓《ぎ》（鼻そぎ）・刖《げつ》（足切り）・宮《きゅう》（陽根断ち）の四つがある。若者が命じられたのは「黥」と「刖」の二刑であった。刑を定めた古書には「一時に一刑を以て処する」との記述が残されているから、若者の問われた罪が如何に非常なものであったかが想像されよう。

……それにしても、現代に生きる我々の目には、いずれも耐え難い残虐刑のように思われる。しかし実際には、刑の執行後は充分な手当を受けることができ、これら肉刑によって受刑者が死に至ることはほとんど無かったと言う（そうでなければ刑の軽重を定めた意味がない）。振り返って、電気椅子や絞首台を今尚使用し続けている我々に、当時の人間を野蛮人と言う資格はあるまい。

刖刑も、実際には「足を切り落とす」というわけではなく、両足の腱を断つことで「足萎《な》え者」とすることを目的とした刑であった。この刖刑を受けた者を「臏人」と称する。後世に伝わる「孫臏」と言うあだ名は、つまりこの刑罰の結果、一見してそれと分かるようになった彼の肉体的特徴から取られていたのである。

さて、その孫臏である。

刑が行われた後、彼は大部屋に移された。施刑後の体を養うために当てられたその部屋には、既に数人の受刑者の姿があった。

暗く、温かい部屋の中で、受刑者たちは低い声で冗談口を交わしあっている。施刑が終わった気楽さと罪人同士の気安さが、彼らに開き直った奇妙な明るさを与えているようだった。その中にあって孫臏だけは、誰に何を問われても一切口を開かなかった。ただ虚ろな目で虚ろな空間を眺めているだけである。他の受刑者は気味悪がり、やがて孫臏を無視するようになった。

孫臏は沈黙の中、一人虚空に対してひたすら問い続けている。

（今や自分は、「入れ墨者」「足萎え者」となってしまった。生きている間中、罪を負うたあさましい姿を世に晒《さら》し続けなければならないのだ。鈍物どもの目は知らず、かつて「一門の鬼才」と師・龐涓を嘆じさせ、又そう自負もしていた自分が、どうしてこんな辱めにあわねばならなかったのだ？　一体、自分の何が間違っていたというのだ？）

答えの出ぬ問いだけが彼の脳裏を駆け巡っていた。

やがて他の受刑者たちの顔触れが次々変わっていっても、孫臏一人は暗室の中に取り残されたままであった。その奇妙な事実にも、孫臏自身はしばらく気づかずにいた。気づいた後も、そのことに何の疑問も抱かなかった。むしろ己のあさましい姿を世に晒さずにすむことを有り難く思ったぐらいである。

暗室の床に横たわっているのは、全く孫臏の形をした抜け殻であった。暗室の外の季節が次第に移りゆこうとも孫臏はそれを知ることもない。己を取り巻いている暗く、温かい空気だけが孫臏の世界の全てであった。

瞬《また》く内に一年余りが過ぎた。或る日、一人の男が、孫臏が横たわる部屋に送られて来た。劓刑に処されたその男は、当初こそ大袈裟に痛みを訴えて泣き叫んでいたが、二、三日するとけろりとした顔で暗室の中を歩き回るようになった。男が暗室を歩き回っても、孫臏の無関心が変わろうはずもない。

関心を示したのは男の方であった。若者は、虚空を見つめる孫臏の顔を眺め、しばらく首を傾げていたが、やがて何事かを思い当たったように手を打った。そうして彼は、孫臏の前に跪《ひざまず》いて、自分を弟子にしてくれと言った。

孫臏はぼんやりとした視線を男の顔に移した。記憶がぼんやりとしていた。それでも、しばらくして孫臏は目の前の男の顔を思い出した。

男は、かつて孫臏を取り囲み「梁の街を騒がす罪人云々」と決めつけた者共の一人であった。

孫臏が黙っていると、男は勝手にまくし立て始めた。

「俺もこれまで色んな悪さをしてきたし、色んな悪党も見て来たが、あんたのように単身、魏の都に乗り込み、王の命を狙うなんぞは並の悪党に出来ることじゃない」

男はひどく感心したようにそう言って、一人で納得している。

(私が魏の恵王の命を狙った、だと?)

奇妙なことに、孫臏はこの時初めて自分に被された罪を知った。そして愕然とした。

(一体、どうしてそんな誤解が生じたんだ?)

呆然としている孫臏の耳に、軽薄な調子で尚もまくし立てる男の声が流れ込んでくる。

「……もし魏に龐将軍がいなかったら、きっとあんたの計画は成功していただろうよ。しかし智将軍とも称せられるあの人がいたんじゃ仕方がない。どの国から金を貰っていたのか知らないが、ここはまあ不運だと諦めて、別の悪業を考えるとしましょうや」

聞くとはなしに聞いていた孫臏の頭の中で、突然何かが音を立ててつながった。

孫臏は飛び上がるようにして男の胸倉をつかみ、荒々しく揺さぶりながら事の真偽を一々問い糺《ただ》した。そうして、
孫臏が王殺しの意図を持った賊人であることに最初に気づいたのが龐涓であること。龐涓がその旨を、しかも証拠となる書状を添えて王に奏上したこと。今、孫臏がこの暗室に留め置かれているのは龐涓の案であること、などを確かめた。

孫臏は歯を食いしばり、思わず渾身の力を両手にこめていた。男は身をもがいて、苦悶の呻きを漏らした。孫臏の手が無意識に男の喉を締め付けていたのである。

孫臏が手を放すと男はばったりとその場に倒れた。孫臏はその姿には目もくれず、狂ったよう

に暗室の床を転げ回った。他の受刑者たちは恐れ、遠巻きにして様子を窺っているだけである。

やがて孫臏は勢いよく壁にぶつかると、そのまま仰向けに転がり、死んだように動かなくなった。

孫臏は自分の身に何が起こったのかをようやく悟った。孫臏はそれを言葉にして小さく呟いた。

(私は、唯一信じていた師によって罪に陥れられたのだ)

今の孫臏にならば、師・龐涓の心中を正確に理解することが出来た。

龐涓は、策士としての孫臏の才能を恐れる余り、ついに彼が世に現れることが出来ないよう罪人の烙印《らくいん》を押したのである。しかもそれだけでは飽き足らず、この暗室に孫臏を閉じ込めておこうとしている……。

或いは余人であれば、龐涓が何故、孫臏を部下として取り立てなかったか、と疑問に思うかもしれない。その訳を知るのは、恐らく世に孫臏と龐涓の二人だけであった。

(龐涓は私の才能に嫉妬した。だからこそ己の地位が私によって取って代わられることを恐れたんだ……)

卑怯、と孫臏は思った。かつて師は「いつか策士としてその術を競わん」と言ったではないか。然るにこのような下らぬ奸計によって罪に陥れるとは!

信じていただけに、師の裏切りは許せなかった。

虚ろな二つの穴に過ぎなかった孫臏の目に、炯々《けいけい》とした光が蘇ったのは実にこの時であった。

翌日、孫臏の姿が暗室から忽然と消え失せた。

それに気づいた獄吏獄官たちは驚き、他の受刑者たちを問い糺してはみたものの、彼らもまた首を傾げるばかりである。結局、孫臏が一体どうやって暗室を抜け出したのかはついに分からず仕舞いであった。

獄官は仕方なく、「彼は狂死した」と報告した。

その後、孫臏がどうなったかを知る者も誰もなかった。

3

翌年、斉《せい》の公子《こうし》某が親善の意を表す目的で魏都・梁を訪れた。礼に従って王に拝謁し、儀物が交換され、さて酒宴となった。その夜、斉の公子をもてなすことになったのは、将軍・龐涓の館においてである。

大杯で酒が振る舞われ、美女が舞い、楽《がく》が奏せられる。打ち解けた雰囲気の中で宴は進み、やがて話題はそれぞれのお国自慢に移っていった。

雲行きが怪しくなり始めたのはこの頃からである。

「将軍はかねがね天下の駿馬《しゅんめ》を多く有しておられると、たいそう自慢しておられるそうだが」

と、龐涓ににじり寄って酒臭い息を吐きかけたのは斉の公子その人であった。

「なに、我が斉の駄馬《だば》とて魏の駿馬には負けはしませんぞ」

龐涓は杯を置いて苦笑した。が、公子はいささか酔っておられるらしく、尚もしつこくからんでくる。

「さては将軍のそのお顔は、我が言を信じておらぬ顔だな。……よろしい。では明日、それぞれの馬を競わせて事の真偽を明らかにしようではないか。勝負は三番。騎《き》、兩《りょう》、駟《し》をそれぞれ一番ずつ走らせてはいかがか？」

当時の競馬は、馬に車を引かせてその速度を争うものであった。騎、兩、駟というのは、それぞれ、一頭立て、二頭立て、四頭立ての車を指す。

龐涓が黙っていると、公子は更に顔を近づけてきた。

「ご不満かな？　それなら金をかけてはどうか。双方、一勝負に百金を賭け、勝った方が取るというのはいかがか……それとも、ご自慢の駿馬が負けるのが恐ろしいかな？」

これを聞いて龐涓はさすがにむっとした。大体、親善の使いとして来ていながら自慢の駿馬を貶すとは無礼ではないか。そもそも、斉が駿馬を産するなどというのは聞いたことがない。話は公子のつまらぬ見栄に決まっている。

龐涓は少し懲らしめてやろうと思い、公子に向き直って言った。

「勝負をお受け致しましょう。但し、賭けるのが百金では面白くない。一勝負に千金を賭けることにしては如何か」

公子としては今更引っ込みもつかぬ。

「よろしい。では、千金を賭けて勝負するとしよう」

龐涓は内心ほくそ笑んだ。明日の朝、酔いが醒《さ》めた公子が、青い顔で己が前言の撤回を申し出るならそれでも善し。もし、公子が意地を張って馬を競わせたところで、我が馬が勝つに決まっている。魏の馬の優秀性を見せつけることで、斉に対して魏の武威を示すことが出来よう。またそうなれば、公子がこの地にまで三千金もの大金を持ってきているはずもなく、個人的にも公子に貸しを作ることにもなる。

いずれにしても、龐涓の不利になるようなことは何も思い当たらなかった。

一方、用意された寝所に戻った斉の公子は、一睡して、夜中にふと目が覚めた。酔いはすっかり醒めている。醒めた頭で宴席での出来事を思い出していた公子の顔は、次第に青ざめていった。

(何という約束をしてしまったのか……)

公子は寝床の上に起き上がって頭を抱えた。宴席では、有り余る才気を鼻にかけたような龐将軍の顔付きが気に入らず、酒の勢いでついあんなことを口走ってしまった。が、冷静になって考えてみれば駿足をもって世に聞こえる龐将軍の馬に、連れて来た斉の鈍馬が勝てるはずがない。しかも一勝負に千金を賭けてしまうとは!

公子は酒に酔って理性を失った自分を情けなく思った。更に、自分の酔いに付け込んだ龐将軍をこれまで以上に厭わしく感じた。公子は懸命に頭を巡らせた。どうするのが自分と斉にとって最も恥が少ない方法なのか?

しかし、いくら考えても良い方法は思いつかなかった。

その間にも刻《とき》は無情に流れてゆく。やがて遠くに暁角《ぎょうかく》の響きが聞こえ始めたかと思うと、たちまち朝の光が部屋の隅々に澱《よど》んでいた闇を追い払ってしまった。

公子は一晩ですっかり憔悴した顔を上げ、部屋の中を見回した。

その目がふと、傍らにある朱色の卓子の上に引き寄せられた。そこには何か、木簡のような物が置かれてあった。公子は首を傾げた。昨夜自分がこの部屋に入った時は、確かに何もなかったはずだ。

見れば、表に公子の名が記されている。公子は不審に思いながら、木簡を手に取り、裏に書かれた文字を読み始めた……。


この少し後、目覚め伺いにやって来た従者は、一見して公子が発狂したと思い、その場にへたりこんでしまうことになる。何しろ公子ともあろう人が、寝乱れた服装のまま、顔に満面の笑みをたたえて部屋中を小躍りしながら跳ね回っていたのだ。

驚愕のあまり口もきけずにいる従者には、「公子発狂」の原因がその手に握られている木簡にあろうとは知る由もなかった。

＊

斉の公子は約束の時間にやや遅れて現れた。龐涓は現れた公子の顔を見て、胸中意外の念を禁じ得なかった。悄然とした顔で現れると思いきや、取り澄ました表情の裏に見え隠れするのはむしろ勝ち誇ったような笑みである。

「約束通り馬を競わせてよろしいのですか？」

龐涓は小声で尋ねた。公子に前非を悔いる最後の機会を与えたつもりであった。が、公子は取り合わず、何も聞こえなかった様に龐涓を振り返った。

「はじめに、走らせる順番を決めてもらえますか」

龐涓は肩をすくめ、これに答えた。

「では、騎、兩、駟、の順番にいたしましょう」

「確かですね」

龐涓は頷きながらも、公子の目に浮かんだ笑みが気になっていた。

馬場には、まず魏の一頭立てが引き出された。車を引く美しい栗毛の馬は、龐涓が所有する数多い駿馬の中でもよりすぐりの優駿である。轡を並べて走らせて、これに勝てる馬がいようとは思えない。

満足げに頷いた龐涓の顔は、しかし続いて馬場に引き出された斉の馬を見てたちまちこわばった。斉は、何と二頭の馬に車を引かせているのである。

龐涓は穏やかな声で公子の間違いを正した。

「あれは兩ではありませんか。確か、騎、兩、駟、の順で走らせるはずですが」

斉の公子は不思議そうに龐涓を見た。

「確かに魏はその順で走らせるとおっしゃいましたが、わが斉は兩、駟、騎、の順で走らせることにします」

一瞬訝しげに顔をしかめた龐涓は、事の次第にはっと気がついた。重い車を引く以上、多少の馬の優劣にかかわらず、騎より兩、兩より駟の方が早いに決まっている。公子の言う組み合わせで馬を競わせれば、この勝負の一回目、二回目は斉の勝ち、三回目のみが魏の勝ちとなる。

龐涓は昨夜の約束を思い返した。……確かにそれぞれ三度、馬を走らせて勝負しようと言っただけで、その順番についてはなんの取り決めもしていない。

龐涓は自分の迂闊を悟り、うむと呻いたきり沈黙してしまった。

公子はそんな龐涓の様子にはまるで気づかぬように、にこやかな笑みを浮かべて懐から千金の包みを取り出した。

「さて、馬が走り始める前に約束の千金をそれぞれ賭け置くとしましょう」

龐涓は無言でこれに応じざるを得なかった。

実際馬を走らせて見れば、果たして予期した通りの結果である。一、二回目の賭け金を懐に入れた公子は、もったいぶった様子で三回目の賭け金を龐涓の方に押して寄越した。「いや、さすがに魏の駟はお速い。我が斉の騎など足元にも及びませんでしたな」

公子はそう言って、そそくさと席を立った。残された龐涓はぎりぎりと歯咬みをして悔しがった。斉の公子がやったのは成程つまらぬ策略である。が、策士として名をなす龐涓が公子の策略に敗れたのは疑いもない事実であった。

(それにしても)

と、しばらくして幾分冷静になった龐涓は首を傾げた。

(昨夜の様子からは、公子が予め策を練っていたとは考えられない。だとすれば、あの公子が、自分で策を考えついたのだろうか？　しかも一夜のうちに？)

そのことが龐涓には不思議でならなかった。


数日して、公子一行が斉に帰国することになった。貴人を乗せた車を先頭に、従者・下僕らが付き従い、その後を返礼の品を積んだ牛車・馬車がずらりと連なる。この国古来の風習として、返礼の品は来る時の数倍ともなり、更に、これを見送る魏の官吏の一群が加わるので、出発に際し一行は長大な列となった。

龐涓もまた、彼らに交じって城門の外まで一行を見送りに出た。

公子を乗せた車が次第に遠ざかってゆくのを見送った龐涓は、ようやくほっと息をついた。今の魏にとって大国・斉と表立って事を構えるのは得策ではない。かと言って、斉に馴れ過ぎるのも危険である。その微妙な力関係を保つ為に、斉の使いを大過なくもてなすのは実に神経を使う役目であった。龐涓はじめ賓客を仰せつかっていた魏の官吏共が一同に安堵の息を漏らしたのは故なきことではない。

……その解放感が、彼らの注意力を散漫にしていた。

この時、見慣れぬ笥《はこ》を積んだ一台の牛車が彼らの目の前を通り過ぎようとしていた。が、見送りに出ていた多くの魏人の中で、そのことに気づいた者は誰もなかった。

4

一月の後、孫臏は斉にいた。

魏に於いて斉の公子の窮地を救った孫臏は、その代わりに自分を密かに斉へと連れ出してくれるよう頼んだのである。

果たして、斉の公子はその約束を守った。帰国の際、孫臏が隠れた笥を牛車に積んで、魏の見送りの前を堂々と通過させたのだ。もちろん、発見されれば両国の間の紛争の種ともなりかねない危険な行為である。それでも公子は、敢えて孫臏を連れ出すことをためらわなかった。孫臏は公子の義に深く感謝し、これ以後、斉に対して深い忠心を抱くことになる。

尤も公子にとっては、この行動は実は信義に基づくものだけではなかった。親善の意を表す為に魏を訪れていた公子は、一方で魏国内で斉の為に働いてくれる間者を見つけ、或いは魏に不満を持つ不遇の智者を斉に連れ帰ることをも目的としていたのである。「外交」というものが一筋縄ではいかないのは、何も近代以降の話ではない。

龐涓との賭けに勝った斉の公子は、その足で奇策を授けてくれた木簡の差し出し主に会いに出掛けた。

木简が指定していたのは梁の街外れ、甚だ雑然とした陋穢な一角にある廃屋であった。公子が恐る恐る中に足を踏み入れると、中は真っ黒な闇が深く垂れ込めていた。どうやら窓という窓が隙間なく塗り込められているらしい。闇の中から人の声が聞こえた。

声はまず、公子にわざわざこんな所にまで足を運ばせた不礼を詫びた。そして、しばらくは明かりをつけずに、このまま自分と話を交わして欲しいと請う。公子は不審に思いながらも、声の語るにまかせた。

声の主はまず、公子に対して自分を斉に連れ出してくれるよう頼んだ。その上で、自分は兵法家である、願わくは斉の威王《いおう》に引き合わせて頂きたい、とも言った。

公子は直ちには返事をせず、逆に声に向かって幾つかのことを尋ねた。問うたのは、いずれも当節、各国の将軍が頭を悩ませている用兵上の難題である。公子は、これによって声の主が、危険を冒してでも連れ出すに足る人物であるかを確かめようとしたのである。

「衆兵をして、これを皆よく戦わしめるには如何とする」

公子のこの問いは、兵が大部隊となった場合の用兵の仕方を問うたものである。当時、部隊の兵の数が増えると、末端にまでうまく命令が伝わらずに、全体の動きに混乱を来すことが多かった。

声の主は特に考えるという風でもなくこれに答えた。

「衆を治むること寡を治むるが如くにするは、分数《ぶんすう》是なり。衆を闘はすこと寡を闘はす如くするは、形名是《けいめい》なり」

〝分数〟とは軍の編成を指し、〝名〟は旌旗・金鼓・号令などの合図を言う。

声が言うのは、つまり、

「軍の編成をしっかり組み、命令指示体系をはっきりさせれば、少数の仕官に命じるだけで総ての兵に命じたとの同じ効果を上げることが出来る。又、戦闘にあたっては旌旗・金鼓・号令などをはっきりさせ、これを用いることで混乱の弊害を避けることが出来る」

とのことである。

これを聞いて公子はうむと唸った。簡にして要を得た答えである。しかし、それだけのことを意識的に且つ徹底して行っている将軍がいるだろうか？　少なくとも公子はそのような将軍を知らなかった。

又、公子は問うた。

「将軍が己を戒《いまし》めるべきは何処《いずこ》に有りや？」

暗中の声は、答えて言う。

「将軍が己の心に戒むべきことは五つあります。一つ目は、必死を心に決めることです。彼は必ずその兵を全滅させてしまうでしょう。二つ目は、必生を心に決めることです。彼は必ず捕虜となります。三つ目は、忿速（怒りの為に急ぐ）することです。彼は必ず敵から侮られることになります。四つ目は、廉潔であることです。彼は必ず辱しめを受けることになります。又、五つ目は民を愛することです。彼は必ず煩わされることになるでしょう」

暗中の声は淡々として続けた。

「凡そ、この五者《いつつ》は将軍が兵を用いるにおいて戒むべき誤りです。軍が覆り、また将軍が殺されることになるのは、必ずこのうちいずれかが将軍の心にあるからです」

公子は初め、必死・必生はさておくとしても、廉潔・愛民をさえ戒める答えに反発を感じた。公子の心を見透かしたように声は続けて言う。

「将軍は兵であってはなりません。まず将は質朴であってはなりません。商人のように露骨な計量計算の上に立ち、剽盗《ひょうとう》のようにずるがしこく、巫人《ふじん》のように衆に慕われ、その慕われていることをよく知り、それに乗じてよく味方を欺かなければなりません。そうしてはじめて、戦場において敵を誑《たぶらか》すことが出来るのです」

声の言うことは一々もっともであり、反論の余地はどこにもない。そこにあるのは感情を超越して貫かれている論理であった。公子はようやく納得した。公子が声の主を、

(天下の逸材かもしれぬ)

と思い始めたのはこの時からである。

さらに公子が問うた幾つかの問いにも暗中の声は淀みなく答えた。いずれも大局に立ち、しかも精緻この上ない理論に裏打ちされた答えである。声はどこか、たっぷりと水をたたえ、しかもいささかも漏れるところがない巨大な鼎《かなえ》の如き印象があった。

公子はついに、声の主に向かって、是非とも私と一緒に斉に赴《おもむ》き、斉の為に働いて欲しいと請うた。その上で、何故闇の中に姿を隠しているのかと尋ねた。

暗中の声は短く笑ったようであった。

ややあって、声の主は窓の一つを覆っていた暗幕をその手で上げた。日の光が狭い廃屋の中を隈無く照らし出す。公子は、数歩と隔てていない場所に一人の男が椅子に腰掛けているのに気づいた。逆光に目を細めた公子は、次の瞬間、思わずあっと声を上げた。彼の顔には、一面の入れ墨が施されていたのである。

「ご覧の通り、わたしは黥を受けた罪人です」

と彼・孫臏は自嘲的に笑った。

「しかも刖を受けた足萎え者でさえあります」

孫臏はそれだけを言うと、後は黙ったまま公子に挑むような視線を向けた。

我に返った公子は、孫臏の顔を真っすぐに見て頷いた。そして「宜しい」と一言きっぱり言った。入れ墨を施された孫臏の醜い顔が初めて歪んだ。……公子には、その顔が笑っているのか泣いているのか、区別がつかなかった。

5

斉に入った孫臏は、公子の計らいで威王に拝することが出来た。威王も又、孫臏と言葉を交わすうちに彼の才能がただものではないことに気づいた。この時、孫臏は彼の壮大な兵法体系を王に説いた。語ること三日。ついに王は驚嘆して、

「嗚呼《ああ》、彼こそは天の生まれ変わりなり。彼に因《よ》りて、斉は再び天下の覇者とならん」

と叫んだと伝えられている。孫臏が説いた兵法は、従来「野戦・攻城」の技術に過ぎなかった兵法の概念を遥かに越え、一国を統べる思想の域にまで達していたのである。

王は孫臏に賓師の礼を取り、彼を斉の将軍・田忌《でんき》の館に留め置くことにした。

やがて噂を聞き付けた多くの若き兵法家たちが孫臏を訪れ、彼に教えを乞うようになった。孫臏も又、かつての尊大倨傲であった態度が嘘のように、常にへりくだった物腰で相手に接した。言動にも奇を衒《てら》うところがなくなり、問われれば、言葉を尽くしてこれに答えた。

名師・孫臏の評判は次第に高くなって行く。ただ、館の主・田《でん》将軍一人は、

(魏から来た刑人ばらに、斉の兵法の何が分かる)

と孫臏を軽んじ、その意見に耳を傾けようとはしなかった。鉄錆色の顔をしたこの老将軍・田忌にとって、兵法とは畢竟、野戦・攻城の技術に過ぎなかった。この老武人にとって「思想」などというものは、むしろ兵を弱める無用の夾雑物としか思えなかったのである。

二年の後、魏が趙《ちょう》を攻めた。ほどなく魏の軍は、趙の都・邯鄲《かんたん》を取り囲み、趙が亡国の淵にあることは誰の目にも明らかになった。

或る日、威王の元に趙からの使いが現れた。使者は、単身魏の囲みを切り破ってやって来たらしい。使者は威王に拝し、趙の救いを請うた。そして口上を述べ終えると、その場にばったりと倒れた。周りの者が慌てて抱き起こしたが、彼は既に息絶えていた。後で調べると全身に数十箇所もの深手を負うていた。威王はこれに打たれ、趙を救う為の兵を出すことを決めた。

威王は孫臏を呼び、彼に一軍の将となることを請うた。ところが孫臏はこれを辞退した。威王は初め、孫臏が臆したのかと思った。口先では天下国家を論じながら、実際の戦となると腰が引けてしまうのは、斉の才人にありがちなことであったから。しかし孫臏の恬《てん》とした様子を見る限り、どうもそうでもないらしい。孫臏は表情も変えずに王に言った。

「ご覧の通り、私は一見して罪人と分かる姿です。罪人の身で軍を率いるのは、適当ではありません」

そう言った孫臏は、次の方法を願い出た。

「兵を率いる将にはやはり、田将軍が相応《ふさわ》しいと思います。私は輜車《ししゃ》に乗って随行し、参謀の役を務めることに致します」

孫臏が一軍の将となることを辞退したのは、一方で田忌への配慮があったのだ。威王はこれを善《よ》しとして、改めて田忌を呼び、彼に一軍の将を命じた。

田忌は早速戻って兵を整えさせた。その間、孫臏は一言も口を挟まずそれを眺めているだけである。田忌がまさに兵を発せんとしている時になって、孫臏は初めて自分が乗った車を田忌が傍らに寄せさせた。孫臏は馬上の将軍を振り仰いで尋ねた。

「田将軍は、どちらへ兵を向けられるおつもりか？」

田忌は一瞬呆気に取られた。

（この若造は、この期に及んでそんなことさえ分からずにいるのか？）

田忌は嘲るがごとき慇懃な口調で、この馬鹿げた質問に答えた。

「参謀殿。これより兵は、魏に囲まれた趙を救うべく、彼の都・邯鄲へと向かいます。とくとご承知あれ」

孫臏は、しかしきっぱりと首を振って田忌を止めた。孫臏は言う。

「もつれた糸を解くにあたって、力任せに引っ張るのは上策とは言えません。又、喧嘩を収めようとする者にとって、いきり立っている当人に打ちかかるのは、効果の薄いやり方です。力のこもっている所を避け、虚を打てば、形が変わり、勢いが止まります。そうすれば、自然に糸は解け、喧嘩は収まるものです」

田忌は、この忙しい時に若造が何を言い出したのかと訝しみ、その太い眉を不快げにひそめた。孫臏は構わず続けた。

「今、魏と趙は邯鄲で争っています。勇猛敏速を聞こえた魏の兵は全て邯鄲に集まり、一方魏の都・梁には老人・子供だけが残されていることでしょう。ならば、将軍は今、邯鄲ではなく、急ぎ梁都に向かい、その街を囲む策を取るべきです。そうすれば魏は自国を守る為に、邯鄲の囲みを解いて慌てて駆け戻るにちがいありません。将軍はそこをこそ撃つべきです。これこそが、斉の一度の出兵で、魏に趙の囲みを解かしめ、且つ魏を弱らせることの出来る方法なのです」

孫臏はそう言うと、さらに、魏を迎え撃つ場所として桂陵《けいりょう》の地を指し、具体的な陣形・戦術を説いた。その策、実に壮《そう》にして、しかも緻《ち》である。

無言で聞いていた田忌の目に、やがて驚愕の色が浮かんだ。日々、愚にもつかぬ思想とやらを説いているとばかり思っていた魏の刑人は、驚いたことに野戦攻城の術においても田忌を遥かに凌駕していたのである。老将軍はまだ、そのことを素直に認めるほどに聡明であった。

田忌は馬を降りて、孫臏の乗る輜車の前に跪いた。そして自分のこれまでの振る舞いを謝し、且つこれ以後、孫臏の股肱《てあし》となって働くことを誓った。

田忌に率いられた斉の軍は、梁都を急襲する。この知らせに魏の軍は驚き、果たして邯鄲の囲みを解いて駆け戻った。

斉は桂陵で魏と戦い、大いにこれを破った。

＊

斉に初めての大敗を喫し、命からがら梁に逃げ帰った将軍・龐涓は、しばらくしてふと妙なことを耳にした。

「斉に稀代の策士が現れた」

と言うのである。

尤も、そのこと自体は龐涓も想像していたことであった。さもなければ、最新鋭の武器を揃え、軍規の行き届いた魏の精鋭部隊が、老将軍率いる斉の軍に桂陵の地であれほど迅速に破られることはあり得ない。龐涓が耳をそばだてたのはそれが為ではなかった。風聞は、

「斉の策士は黥を受けた刑人であるらしい」

と言い、又、別の噂は、

「彼は、どうやら刖を受けた足萎え者のようだ」

と言うのである。

龐涓は密かに人を斉に遣って調べさせた。その結果、龐涓は、死んだとばかり思っていた孫臏が斉に逃れ、彼の国の参謀として仕えていることを知った。しかも、あろうことか、先頃龐涓の軍が、せっかく落城寸前の邯鄲の都から兵を引かなければならなかったのは、孫臏が策謀の為だと言うではないか。

龐涓は孫臏が進言した策を聞き、その斬新且つ自在な発想に驚嘆した。同時に龐涓は、

(孫臏の天分は、まだまだこんなものではない)

と確信した。孫臏の才能は、龐涓にとって眼前に突如として湧き上がった真っ黒な暗雲のごときものであった。暗雲はやがて天を覆うであろう。

龐涓は恐怖した。そして一日も早く、孫臏が実際の戦に慣れ、これに熟する前に、何としても彼を除かなければならないと決心した。

6

翌年、龐涓は韓《かん》を攻めた。

田忌は又、兵を率いて梁都に向かった。前年のごとく魏を破り、出来ればその軍を殲滅してしまおうという腹である。

一方、斉の出兵を聞いた龐涓は、直ちに韓への進攻を止め、全ての兵を梁へととって返させた。

全ての兵。と言っても、この時龐涓が率いていたのは、実は騎兵の他は、わずかな数の歩兵に過ぎない。龐涓はそれだけの兵で形ばかり韓を攻め、残りの主力部隊を国境付近に伏せておいた。その主力部隊も、龐涓の指示に基づいて同時に梁へ向かって行軍を始めている。

龐涓の真の目的は、斉を撃つことであった。わざと梁都に斉の兵を出させ、逆にこれを叩こうというのだ。

龐涓は騎兵を駆けさせ、間もなく主力部隊に合流した。魏は、斉軍の退路を断つように部隊を展開し、整然と兵を進める。龐涓は極力兵を急がせ、ほどなく梁都を見下ろす丘の上にたどりついた。

丘の上に立った龐涓は、しかし眼前の光景に首を傾げていた。彼の思惑では、この時斉軍は、まだ梁都の周りに無様《ぶざま》に兵を展開しているはずであった。ところが今、龐涓の目の前には斉兵一人の姿も見えない。

龐涓は先に放った斥候を呼んでその訳を尋ねた。斥候が言うには、斉軍はこの地を迂回して、そのまま西、つまり斉とは逆に向かったという。

これを聞いた龐涓は、むしろ、しめたと手を打った。龐涓は、

(斉は、魏軍に退路を断たれていることに気づいて、西へと逃げた)

と判断したのだ。当初の目論《もくろ》みとは異なるが、敗走する軍を追うときにこそ戦果は拡大する。

この戦で、孫臏その人の首を取れるかもしれない。

龐涓は逃げる斉の後を追うべく、休む間もなく兵に出発を命じた。


一方、将軍・田忌に率いられた斉の一軍は西へと向かっていた。なるほどこれは、龐涓の想像した通り、魏軍の動きを察してのことであった。が、斉が魏の企みを察した時期は龐涓の想像したよりはるかに早い。

孫臏が放った間者が魏の企みを告げたのは、田忌が兵を斉に発して間もなくのことであった。これを聞いた時、田忌はまず「直ちに全兵を斉に返そう」と考えた。龐将軍の下で鍛えられた魏兵は昨今、迅速果敢をもって諸国近隣にきこえている。ましてや背後を衝かれては如何ともしがたい。

(今ならばまだ、退路を断たれることもなく斉に戻ることが出来る)

田忌がそう考えたのも無理はない。しかし孫臏がこれに反対した。

「こちらが知っているなら、むしろ知らない振りを示しましょう。ここは逃げて見せることで、敵を驕らせ、逆に彼の無備を攻め、不意に出ることです。魏を撃ち、又彼の龐将軍を討ち取るには他日をもってしてはありえません」

しかし、と老将軍はなおも反論した。

「例え逃げたふりをしたとして、果たして魏はこれを追ってくるだろうか?」

孫臏は深く頷いて答えた。

「龐将軍の下で勢いに乗る魏軍の中には最近、斉を軽視し、見下す風潮が広まっています」

うむ、と田忌は唸った。実際には、孫臏が参謀となって以来、軍規を厳しくし、賞罰を明らかにすることで斉兵の質は著しく向上した。が、不思議なことに、諸国の斉兵に対する評判は一向芳しくならなかった。それどころか他国では近頃、「斉民は皆臆病者だ」という噂が絶えない。

憤慨する将校たちの中にあって、田将軍一人は、孫臏が間者を使ってその噂を諸国にばらまいているのを知っている。知ってはいるが、それを口外することは孫臏に固く禁じられていたのだ。将軍はようやく、この日の為に孫臏が噂をばらまき続けたことに気づいた。だとすれば、何という深謀遠慮であろう！

孫臏は老将軍の心を読んだかのように、小さく肩をすくめて言葉を継いだ。

「兵とは畢竟、詭《いつわり》の道です」

孫臏は、そうして田忌に一策を授けた。将軍はその策の奇なるに驚き、孫臏の天才に改めて舌を巻く思いであった。


梁を迂回して過ぎて後、斉軍は宿営の度に奇妙な行動を取るようになった。もとより田将軍の命令一下の行動である。将軍はまず、兵に十万の竈《かまど》をつくることを命じた。翌朝、つくった竈はそのままにして兵は西に向けて出発する。斉軍は、その夜には七万の竈を、更にその翌日には五万の竈をそれぞれの宿営地に残していった。

後を追う魏軍の兵がこれを見つけ、龐涓に報告した。龐涓は大いに喜んで、幕僚たちにこう告げた。

「見よ。これこそ斉が慌てて逃げている証拠である」

不思議そうな顔の幕僚連中に向かって、龐涓はもどかしげに説明した。

「竈の数は即ち兵の数を示すものである。これを残していくことは兵の数を敵に知らせるようなものだ。しかもその数とくるや、日を追うて減っている。これは、斉の兵に臆病者が多く、また風聞通り規律が緩んでいることを示すものだ。三日目にして、既に士卒の逃亡者は半数に達しているではないか」

なるほどと幕僚連中が悠長に頷きあっている間に、龐涓は慌ただしく馬に上がっていた。

結果として、龐涓は足の遅い歩兵部隊を置き去りにした。彼は自ら騎兵のみを率いて斉軍の後を追ったのである。

(この機を逃せば、二度と孫臏を討つことはできまい)

という思いが彼の心を急《せ》きたたせていた。龐涓は夜を日に継いで斉軍を追った。あまりの強行軍に、途中多くの騎兵が脱落していった。それでも龐涓は尚も馬を急がせ、西へと逃げる斉軍の後を追いかけた。

*

この頃、孫臏は馬陵《ばりょう》という山間の地で兵を留めさせている。馬陵に至る道は狭く、辺りは荒涼たる岩場である。孫臏はわずかに開けた土地を見つけ、その周りを囲むように兵を配置した。田将軍の問いに対して、孫臏は答えて言う。

「竈の跡を見た龐将軍は、必ず騎兵のみを率いて追ってくるはずです。その行程を計算すれば、今日の日暮れにこの地に達することになります。ここで彼を待ちましょう」

確信に満ちた孫臏の言葉に、田忌はただ頷くだけであった。

丁度、兵が囲む中心辺りに一本の大木が立っていた。孫臏はその木に近づくと、樹皮を削って白い幹を露わにした。兵たちの訝しげな目が見守る中、孫臏はその白げた幹に何事かを書き付けた。

孫臏は兵を振り返って大声で言った。

「日が暮れてからここに火があがる。それを見たら、皆一斉に火を目がけて矢を射よ」

行軍中、孫臏が兵に命じたのはそれだけであった。

やがて日が落ちた。空には月となく、深い闇が次第に辺りを覆ってゆく。息を殺して待ち受ける斉の兵たちの耳に、果たして遠く馬蹄の音が響き始めた……。

龐涓は焦燥をおぼえ始めていた。そろそろ斉の軍に追いついても良い頃であるにもかかわらず、行軍から脱落してくる一兵の姿とて目にしないのだ。奇妙と言えばこれほど奇妙なことはなかった。

胸中に浮かんだ嫌な予感をふりはらうように、龐涓は強いて馬を急がせた。

道は、やがて山間の隘路へと入っていった。辺りは既に暗くなっている。が、いまだ極目人煙を見ず、ただ荒涼たる岩場が道の両側に続いているだけであった。馬に与える水を求めた時、龐涓はこの辺りが馬陵という名で呼ばれていることを知った。

馬が水を飲み終えると、龐涓は疲れ切った様子の騎兵たちを励ましつつ、尚も先を急いだ。もはや龐涓の目は、先を逃げて行く孫臏の幻影しか見ていなかったのである。

ふと、道がわずかに開けた。目の前に現れたのは、広場、とも言えないほどの狭い土地であった。龐涓は、その土地の中央に一本の大樹が立っているのに気がついた。龐涓は闇に目を凝らした。木の幹が白げられ、しかもそこに何かが書かれているようである。

龐涓は馬を降り、幹に顔を寄せた。何か書かれているのは間違いない。が、暗くて読むことが出来なかった。龐涓は火打ち石を打って火を灯し、照らしてこれを読んだ。

読んだ瞬間、龐涓は思わず、げっと声を上げた。そこには、

「我が師・龐涓、此の木の下に死すべし」

と書かれていたのである。

智将軍・龐涓はこの瞬間、全てを理解した……。

古書は、この時龐涓が、まるで懐かしい顔を探すかのように後ろを振り返ったと伝えている。龐涓は、或いは孫臏に何事かを告げようとしたのであろうか？

いずれにしても、全ては手遅れだった。

彼が振り返った時、明かりを目指して無数の矢が一斉にびょうと唸りを上げて放たれた。飛び来《きた》る無数の矢が立てる風鳴りの中、龐涓はきゃっという甲高い笑い声を確かに聞いた。

それが策士・龐涓の耳にした最後の音となった。

蚕食

本作はやはり中国古典に取材したもの。文芸誌掲載時は編集者の意見を取り入れてタイトルを『指』としましたが、もともとは『蚕食』。好みの問題でしょうか。

晉《しん》の景公《けいこう》四年と云う年のこと、絳《こう》の都に奇妙な噂が流れたことがあった。先に族《ぞく》せられた将軍・先穀《せんこく》は、実は悪霊によって祟《たた》られていたというのである。

かつての晉の英雄・先穀将軍は、この年の初《はじめ》、絳の市《いち》において処刑された。彼は先の戦で敗将となるや夷狄《いてき》に奔《はし》り、化外《けがい》の民と謀《はか》って祖国に攻め入ったのだ。戦のさなか、先穀は晉の正規軍によって捕らえられた。結果、当人はもとより、一族郎党女子供《おんなこども》に至るまで、彼に近しい者たちはすべて処刑されることになったのだが——

見物に集まった人々は、そこで異様な光景を目にしている。

刑場に引き出された時、先穀はすでに別人のごとき姿になり果てていた。頬の肉がそげ落ち、目だけをぎらぎらと輝かせたその姿からは、かつての穏やかな顔の、ふくよかな体型の将軍の面影はどこに求めようもなかった。

だが、人々が奇異に思ったのはそんなことではない。

先穀は己が両の手を胸の前にしっかりと組み合わせ、しかも——まるで手に握った何物かが人々の目に触れるのを恐れるかのように——背を丸め、腰を折り、体全体で手に持った何かを隠そうとしているような、奇妙な姿で引き出されてきた。他の罪人が皆後ろ手に腕を括《くく》られている中、先穀だけは手を身体の前で縛られていた。彼はどうあっても背中で手を括られることを拒否したのである。

先穀はその奇妙な姿勢のまま斬首された。首が落ちた後も、彼の手は胸の前でしっかりと組み合わされたままであった。あたかも彼にとっては、己の首よりも手に握り締めた「何か」の方が重要であるかのように。

彼は一体、手に何を持っていたのか？

処刑後、見物に集まった群衆の声に促され、首切り役人が人々の眼前で死者の手を開いて見せることになった。役人が、首のない先穀の死体の指一本一本折り取るようにして（それほど先穀は手をきつく握りしめていたのだ）手を開いてみると、しかしそこには何もなかった。

手の中に何物も握られていなかったことが判明した時、群衆ははじめて恐怖の感情に囚われた。もし先穀が重要な「何か」を握っていたのなら、まだしも納得がいく。しかし首を切られる刹那でさえ、彼は空《から》の手を大事そうに握り締めていたとなると——。

人々は顔を見合わせた。後にはただ気味の悪い思いだけが残った。

「悪霊」云々という噂も、この時の異様な印象に裏打ちされていたのである。

では、先穀はいつ、どこで悪霊に取り憑かれたのか？

この疑問に対する人々の考えは、不思議なまでに一致していた。

「昨年、鄭《てい》の地で楚《そ》軍と戦ったあの時に決まっている。先穀はきっと、あの時『何か』に出会ったのだ」と。

あの時――

つまり、先穀が処刑される前年のことであるが、晉の君主・景公は、先穀、荀林父《じゅんりんぽ》という二人の将軍に命じて、兵を鄭に向かわせた。

出兵は楚の侵略にあえぐ鄭からの要請であった。兵たちは、天下堂々の義挙に意気揚々と晉を出発した。

ところが、この出兵は思いもかけぬ結果に終わる。精強謳われた晉軍が、黄河の辺《ほとり》で敵の奇襲を受けて全滅してしまったのだ。出兵三千の内、生きて帰ったのはわずかに将軍二人という未曾有《みぞう》の敗戦であった。これを聞いた晉の人々は皆我が耳を疑い、次に、そこでは何か人知を超えた事が起きたのだと噂しあった。

そこへ来て、先穀将軍の無謀な反乱騒ぎである。晉の人々は、もはや前年の敗戦が悪霊の仕業であったことを信じて疑わなかった。

興奮覚めやらぬ人々の視線は、当然、今やただ一人の生き残りとなったもう一人の将軍・荀林父へと向かう。人々の関心が「悪霊は次には必ずや、彼を打ち滅ぼすであろう」という無責任な好奇心であったことは否《いな》めない。

荀林父はしかし、この噂を聞いてもせせら笑うだけであった。心配して訪れる友人知人には、林父は戦人《いくさびと》としては珍しいほどの色白の顔に皮肉な笑みを浮かべて逆に問うた。

「戦の勝ち負けに何の不思議があるものか。この度《たび》は、敵の兵力が我らに勝《まさ》っただけの話。なるほど敵の力を見くびった咎《とが》は将軍としての我らにあろう。だが、そのことについては主君・景公の許しをすでに得ておる。主君に許された。ならば後は何を恐れることがあろうか」

なるほど林父は、鄭から逃げ帰ったその足で景公の許に赴き、我が身に敗戦の咎を引き受けてその場で死を賜ることを願い出ていた。景公はしかし林父の才を惜しみ、彼が自死することを許さぬばかりか、敗戦の罪をも免じたのである。

訝しげな顔の質問者には、林父はさらに続けてこう言った。

「一方、先穀の奴めは敗戦が己が責任であることを潔く認めることができず、主君から誅《ちゅう》せられることをひどく懼《おそ》れていた。だからこそ奴は、夷狄に奔り、ついには無謀な乱を起こしただけのこと。なんの悪霊など、この世にあろうものかよ」

林父はそう言うと、後はからからと笑い飛ばすのであった。その悠然たる態度に客人は逆に蒙《もう》昧《まい》な民の噂を信じた我が身を恥じ入る思いで帰って行くのが常であった。


人々の好奇な期待とは裏腹に、林父の身には何事もなく日々が過ぎてゆく。

と、そんなある日、晉の公子某《なにがし》のもとで花見の宴席が設けられ、その席に荀林父も呼ばれることになった。

酒が入り、座が乱れるにつれ、宴席の主人である公子の目は頻繁に林父に注がれるようになった。そして日が落ち、用意された篝火《かがりび》に灯《あ》かりが入る頃になって、ついに公子は堪《たま》り兼ねたように林父に問いかけた。

「さても、荀将軍よ。そろそろ我らに、あの戦場で本当は何があったのかを話してはくれまいか」

林父が黙っていると、酒の入った他の客人たちも詰め寄るように彼に話を促した。

「それは良い。今宵の宴の何よりの座興じゃ」

「さあ、もったいぶらずに話してくだされ」

林父は苦笑しながら口を切った。

「話すも何も、たいしたことはございません。戦の場ならどこでも起こっていることが、偶々《たまたま》われらの身に起こっただけのことです」

と林父はそう前置きして、次のように語り始めた。

「思えばあれは、全く我ら将軍二人の意見の相違が原因でした。というのも、われらが黄河にまで達した時、援軍を要請したはずの鄭が、既に楚に降伏したことが聞こえてきたのです。わたしは河を渡る前に引き返すことを提案しました。一方、先穀は『およそここまで来たのは鄭を救うため。何としても鄭までは行かねばならない』と強く主張し、我らは意見が合わぬまま全軍に渡河を命じました。

しかし、兵を率いる者の心が決まらないでは戦に勝てる道理がありません。案の定、河を渡ったところで待ち伏せていた楚の軍によって我らは散々に打ち破られ、河を引き返そうとすると、今度はどうでしょう、敵によって我らが船は全て占領されているではありませんか。わたしは必死になって船を探し、やっと二人乗の小舟を見つけだして先穀と共に乗り込みました。

そこへ、河へと追い落とされた多くの晉兵たちが我らが小舟を見つけ、何とかはい上がろうと船縁《ふなべり》に取りすがって来たのです。が、もちろん彼らを乗せることはできません。我ら二人の将軍までが殺され、あるいは捕虜になっては元も子もありませんからね。我らは夢中で手にした刀で船縁に取りすがった者たちの手を打ち続けました。そしてようやく逃げ延びたことを知った我々が、ふと気がつくと……」

　彼ははじめて言葉を切った。林父は己が額を打ち、ニヤリと笑った。

「ああ、そうか。分かりましたよ」

「何が、分かったのだ？」

「処刑された時、先縠が手に何を握っていたのかです」

　思いもかけぬ林父の言葉に、客人たちが膝を乗り出した。林父は何がおかしいのか、くつくつと笑い出した。

「あの時、先縠はあれに気づいて真っ青になって震えていましたからね。なるほど、あれで彼は正気を失ってしまったのか。それならば奴があの無謀な反乱を起こした理由《わけ》も分かる」

「どういうことだね？　彼はいったい何を握っていたのだ？」公子は急《せ》き込んで尋ねた。

「指ですよ」

「指？」

「そう。彼が握っていたのは、自分の指だったのです」

　林父はそう言って頷いてみせた。

「あの時、わたしたちが二人して船縁にとりついた兵たちの手を夢中になって刀で打ったものですから、気がつくと船底には、大小無数の切り落とされた指が転がっていたのです。彼はきっと自分の指があんな風に切り離されるのを恐れて、それできつく手を握り締めていたのでしょう」

林父はそう言うと、また低く笑い続けた。他の客人は互いに顔を見合わせた。皆、話のあまりの凄惨さに青ざめ、顔をしかめ、あるいは吐き気をこらえる為に胸を撫でている。

彼らはすっかり酔いも醒め、花闇にぼおっと浮かんだ林父の妙に生白い顔を薄気味悪く窺っているばかりであった。


「林父発狂す」の報が伝えられたのは、それから程なくのことであった。

林父が己を失ったのは領地を巡回していた時であったという。その時付き従っていた下僕は「直前まで特に変わったように見えなかった将軍は、桑畑に差しかかったところで急にぎょっとしたように立ち止まり、うわ言のように『指が、指が』と呟くと、後は全く正気を失ってしまったのだ」と語った。

桑畑には別に何事もなく、ただ、この年異常発生した山蚕がわさわさと桑の葉を食んでいたと云うことである。

竹取物語

デビュー後に書いた作品としては唯一の〝没原稿〟。専業作家となって数年後、某文芸誌から「（原稿用紙十枚程度の）ショートショートを」という依頼があり、その日のうちに書きあげて送ったところ、見事に没《ボツ》。

今回久しぶりに読み返してみると（落語調を狙ったオチを含めて）案外悪くない気もするのですが、如何なものでしょうか？

無茶な注文があったものである。

「仏の石の鉢《はち》」

「蓬萊《ほうらい》の珠《たま》の枝」

「火鼠《ひねずみ》の皮衣《かわごろも》」

「龍の頸《くび》の珠」

「燕《つばめ》の子安貝《こやすがい》」

あらためて言うまでもあるまい、いずれもこの世には存在しない想像上の代物ばかりである。ところが、およそ入手不可能なこれらの品々を持参することが結婚の唯一の条件だというのだ。

無理難題をふっかけられた五人の求婚者が、それぞれ思案投げ首、すごすごと引き上げていく様子を御簾《みす》の陰から眺めて、ほくそ笑んでいる一人の若い女があった。

彼女の名は〝かぐや〟。もっとも求婚者たちは〝なよ竹のかぐや姫〟などと大層な名前で呼んでいる。

かぐやが自分の求婚者たちに達成不可能な課題を押し付けるという、いささか奇妙な振るまいに及んだのには理由《わけ》がある。

彼女は五人の求婚者の誰とも結婚したくはなかった。いや、それを言えば、そもそも誰とも結婚するつもりはなかったのだ。

いったいなぜ彼女が今日いうところの独身主義を標榜することになったのか？　推測するしかないが、あるいは幼い頃、心ない下女や下男から自分の生い立ちを聞かされたことが原因だったのかもしれない。

かぐやは親の顔を知らない。裏の竹やぶに捨てられていたのを老夫婦に拾われ、育てられた。これも詳しいことは分からないが、母親はおそらく言い寄ってきた貴人の甘言《かんげん》に身を任せた近所の若い娘だったのだろう。自然の成り行きとして子供ができたものの、その頃にはすでに目的を果たした貴人はさっぱり寄り付かなくなっていた。困り果てた若い母親は、誰かが拾ってくれそうな場所に生まれたばかりの赤ん坊を捨てた……とまあ、そんなことがあったと思われる。

そのことを不用意に聞かされた幼いかぐやがショックを受け、母親と同じ轍《てつ》を踏むまい、貴人たちが口にする求婚の言葉など決して信用すまい、さらには「絶対に結婚などするものか」と心を決めたとしてもあながち不思議なことではない。

とはいえ、かぐやはまだしも幸運であった。子供がいなかった老夫婦は、拾った赤ん坊をわが子以上に可愛がり、大切に育てたのだから。

時は巡り、かぐやが美しく、聡《さと》い娘に成長すると、彼女の周囲にも暇を持て余した貴人たちがうろつくようになった。毎日日が暮れると塀の外に幾人もの男たちが寄り集まり、ある者は笛を吹き、ある者は歌を詠《よ》み、あるいは唱歌し、口笛を吹き、扇を打ち鳴らすなど、喧《やかま》しいことこの上ない。誰とも結婚する気のないかぐやにとっては、この連中が煩《うるさ》くて仕方がなかった。といって、単に「否《いな》」と言っただけで諦めるような物分かりの良い者たちではない。それどころか、難攻不落の噂を聞きつけて、我こそはと意気込む新しい求婚者が次から次にやって来る始末であった（その様子はまるで、追っても追っても食べ物に群がる五月の蝿そっくりだった）。

賢いかぐやは一計を案じた。もし誰かに途方もない条件を吹っかければ、それを聞いた他の求婚者たちも恐れをなして寄り付かなくなるのではないか？

それが先に述べた五人の求婚者に対する入手不可能な五つの品であったのだ。

ところが当時の貴人という連中は、かぐやの（そして今日の我々の）想像をはるかに越えた暇人たちであった。無理難題を吹っかけられた五人の求婚者たちはなんと、かぐやの許を辞すると、その足で早速課題の達成にむけて喜々として動き始めていたのである。

しばらくして、求婚者の一人石作皇子《いしつくりのみ》が「仏の石の鉢」を持って現れたと聞いて、かぐやは唖然とした。仏の石の鉢は、釈迦成道《しゃかじょうどう》の際、四天王が奉《たてまつ》った石の鉢を釈迦御自《おんみずか》ら重ね押して一つの鉢にしたという奇跡の品である。百千万里を隔てた天竺《てんじく》に二つとなきその品を手に入れてきたというのか？　立派な錦の袋に入れて差し出された石の鉢は、しかし誰がどう見ても偽物であった。自《おの》ずから発するという光も見えず、どうやらその辺《あたり》の山寺の隅に転がっていた鉢を持って来たものらしい。平気な顔で偽物をもってくる石作皇子の厚かましさは大したものだが、かぐやはもちろん彼を追い返した。

ほどなく、今度は庫持皇子《くらもちのみこ》が蓬萊の珠の枝を持って現れた。蓬萊山は東の海の涯《はて》にあるという伝説の島である。そこに根は白銀《しろがね》、茎は黄金《こがね》で、真珠の実がなる樹木が自生しているといわれている。庫持皇子は苦難の旅の末にその枝を折り取ってきたという。恭《うやうや》しく差し出された品を見て、かぐやの顔が曇った。黄金の枝に真珠の実。なるほど見事なもので、伝説の蓬萊の珠の枝といわれれば信じるしかない。その時、家の門を叩く者があった。蓬萊の枝を作った工匠《たくみ》が、未払いの代金の支払いを求めて来たのである。かぐやは笑って金を払ってやり、庫持皇子を追い払った。

次にやって来たのは右大臣阿部御主人《あべのみうし》である。彼はわざわざ唐土《もろこし》に使者《ひと》を遣《や》り、ようやく見つけ出した火鼠の皮衣を万金《ばんきん》を投じて買い求めたのだという。火鼠は、自分の毛皮が汚れると火の中に我が身を投じて清浄《きれい》にするという伝説上の生き物である。満面の笑みと共に差し出された火鼠の皮衣を、かぐやは阿部氏の目の前で火の中に投じた。毛皮はあっけなくめらめらと燃え上がり、灰になってしまった。かぐやは、呆然としている求婚者を丁寧にお送りするよう、家の者に申し付けた。

大納言大伴御行《おおとものみゆき》に与えられた課題は、龍の首に光る五色の珠を取ってくることであった。彼はまず龍の珠を取ってくるよう配下の者たちに命じた。が、その後配下の者たちからは一向に音沙汰なく（皆あまりの馬鹿馬鹿しさに家に隠れていたのだ）、しびれを切らせて彼は自ら海に出た。そこへ、嵐。散々な目にあい、命からがら帰ってきた大伴氏は、二度とかぐやの前に現れなかった。

さて、最後に残ったのは燕の子安貝である。燕が卵を産むときに現れるというこの不思議な貝は、魔除《よ》け、安産の護符として知られている。一見身近な品のように思われるが、問題はこれまで実物を見た者が誰もいないことであった。中納言石上麻呂足《いそのかみのまろたり》は誰も見たことがないその品を求めてあちこち燕の巣を覗いてまわっているうちに、梯子《はしご》からころがり落ちて腰の骨を折った。それきり立ち上がれなくなり、しばらくして亡くなった。

死んだと聞いてかぐやもさすがに可哀想に思ったものの、一方、これで今後は求婚者も現れなくなるだろうと思い、ほっと胸をなでおろす思いであった。

ふたたび、ところがである。

事態は、かぐやの思惑とは逆に妙な具合に進んでいく。

無理難題を吹っかけられた五人の求婚者の哀れな（あるいは滑稽な）顛末が広く喧伝《けんでん》されればされるほど、かぐやの家の周りを取り巻く求婚者の数は増えていったのだ。

——いったいどうなっているのだろう?

かぐやは首を傾げるしかない。

尤《もっと》もこれはある意味当然の成り行きであり、かぐやは誤解していたのだ。逃げれば逃げるほど、あるいは困難であればあるほど追いかけたくなる。それが男どもの困った習性なのだ。いくら理屈に合わない、不合理だ、馬鹿げている、と言ってもこればかりはどうしようもない。一方で、うら若いかぐやがそこまで分からなかったのは、これもまた無理のない話であった。

塀の外に集まった大勢の求婚者たちは、けっして姿を見せようとしないかぐやについてあれこれと噂しあった。その結果、裏の竹やぶで拾われた赤ん坊は、いつの間にか光る竹から生まれたことになり、さらには「かつて貧しかった竹取の翁《おきな》は、以来黄金の詰まった竹を見つけることが重なり、今のように裕福になった」という話がまことしやかに囁かれるようになる。これには老夫婦も呆れるしかなかった。なるほど、捨てられていた赤ん坊になにがしかの金子《きんす》が添えられてあったのは確かだが、竹細工を広く商う老夫婦はもともと裕福な家柄であった（そうでなければ拾った赤ん坊を育てるのが不可能なことくらい、少し考えれば分かるはずだ）。

家の中の者たちの困惑とは裏腹に、かぐやの評判はいよいよ高くなっていく。

その噂はついに都にまで達し、さらに幾つかの不幸な誤解が重なった結果、とうとう帝《みかど》が直接かぐやを迎えに来る事態にまで発展してしまった。

かぐやは懸命に考えた。

相手が帝であろうがなかろうが、結婚したくないという気持ちには変わりはない。だが、なんと言っても相手は時の権力者である。無茶な注文を出したくらいでは、おいそれと引き上げてくれるとは思えなかった（先の五人の中にさえ、危うく成功しかけた者がいるのだ）。今度こそ失敗は許されない。彼女は家に籠《こ》もり、何日も考えに考えた。そして考え抜いた末に、ようやく一つの策を得た。

かぐやは老夫婦を呼び、自分の考えを話した。

一月《ひとつき》ののち、約束どおり帝が直々《じきじき》にかぐやを迎えに現れた。

老夫婦はじめ家内一同の者たちは平伏して帝を出迎えた。ところが、肝心のかぐやの姿はどこにも見えない。それどころか、いくら待ってもかぐやは一向に姿を現さなかった。

しびれを切らせて娘の所在を尋ねた帝に対し、老夫婦は平伏したまま次のような事情を告げた。

事情というのは他でもない、彼らの娘であるかぐやには幼い頃から、放っておくといつまでも月を眺めているという妙な癖があった。そこへきて最近は月を見てひどく泣くようになった。老夫婦が不審に思って問い詰めたところ、最初こそあれこれはぐらかしていたものの、とうとうこんなことを言い出した。

「じつは、わたくしは月から来た身。月の都の者なのです。長らくお世話になりましたが、次の満月の夜に、月の都からお迎えが来ることになりました。お世話になったあなた方とお別れするのが辛くて、こうして泣いているのです」

帝は、老夫婦が突然何を言い出したのかと訝《いぶか》しみ、また途方もない作り話に呆れながら尋ねた。

「それで、娘は今どこにいるのだ?」

「それが、その……」

「今申しました通り、娘は月の人だけに……」

と、それきり口ごもる様子の老夫婦に、帝はじれて訊《き》いた。

「月の人だけに、どうしたというのだ？」

老夫婦は頭を床に押し付けたまま、消え入るような声で言った。

「……雲隠れいたしました」

走れメロス

前出の『鼻』同様、「太宰特集を組むので同名タイトルでパロディを一作」という依頼で書かれたものです。視点の変更によって「隠された物語を浮かび上がらせる」のはミステリのいわば常套手段ですが、はたして太宰に通用するか、否か。「走れメロス」。友情物語の裏に潜むもう一つの物語。

王ディオニスは激怒した。

その夜、一人のそのそと王城にはいってきた不審な若者を巡邏《じゅんら》の警吏が捕らえたところ、彼の懐中から短剣が出て来た。しかも、王の前に引き出された若者は、

「この短刀で何をするつもりであったのか？」

という王直々《じきじき》の問いに対して、

「市を暴君の手から救うのだ」

と少しも悪びれずに答えたのだ。

メロス、と名乗ったその若者は、呆気に取られているディオニスに向かって、続けてこんなことを言った。

「自分は村の牧人である。普段は、笛を吹き、羊と遊んで暮らしている。きょうは未明に村を出発し、野を越え山越え、十里はなれた此《こ》のシラクスの市にやってきた。近々、花婿《はなむこ》を迎えることになった妹の結婚衣裳《いしょう》や祝宴の御馳走《ごちそう》やらを買いに来たのだ。久しぶりに都に出てくると、以前とまちの様子が変わっていた。なんだかひっそりとして、市全体が、やけに寂しい。路《みち》で逢《あ》った若い衆をつかまえて、何かあったのか、二年前に此の市に来たときは、夜でも皆が歌をうたって、まちは賑《にぎ》やかであった筈《はず》だが、と質問したが、若い衆は首を振って答えなかった。しばらく

歩いて老爺《ろうや》に逢い、こんどはもっと、語勢を強くして質問した。すると老爺は、あたりをはばかる低声で、こんなことを言った。

『王様が、人を殺すからです』

『王はなぜ人を殺すのだ』

『悪心を抱いている、というのですが、誰もそんな、悪心を持っては居《お》りませぬ』

『たくさんの人を殺したのか』

『はい、はじめは王様の妹婿さまを。それから、御自身のお世嗣《よつぎ》を。それから、妹さまを。それから、妹さまのお子を。それから、王妃さまを。それから、賢臣のアレキス様を。きょうはまた、六人が殺されました』

王の残虐な行いについて、老爺は、そのほかにもあれこれ語った。そのうちに、自分はだんだん『呆《あき》れた王だ。生かして置けぬ』と思いはじめた。そして、気がついた時には、此処《ここ》に来ていたのだ」

聞いて、王ディオニスは激怒した。怒りはなにも、目の前の羊飼いの若者に向けられたものではなかった。このような単純素朴な若者をやすやすと言いくるめて、自分の命を狙わせようとした、反対派の連中に対してである。

なるほどディオニスは、最近、幾人かの者たちの処刑を命じた。だがそれは、彼らが先に、王の暗殺と、権力の奪取を企てたからである。ディオニスは、次の王位を腹違いの弟アリオンに譲ろうと考えている。アリオンは、妾腹ながら、幼い頃から非常に聡明であり、また勇気の面でも決断力の面でも、王として申し分のない若者に成長している。ところが、これを知った妹夫婦が、王妃を味方につけ、さらに重臣アレキスをも巻き込んで、わがまま放題の暴君に育ったディオニスの息子を王座につかせるべく、密かにクウ・デ・タアを謀《はか》ったのだ。幸い、計画は事前に漏《も》れ、首謀者たちは処刑された。

だがなお、王城の中には、先王の妾腹の若者が王位を継ぐことを快《こころよ》く思わない連中がいて、彼らはなんとかして、いまのうちに君主ディオニスの命を奪おうと考えている。田舎から出てきた羊飼いの若者メロスに近づき、王の暴虐《ぼうぎゃく》ぶりを吹き込んだ老爺は、彼らの一味に違いない。単純な若者は、老人一人の言葉にまんまと躍《おど》らされて、王を殺しに来たのだ。奸佞邪知《かんねいじゃち》、邪知暴虐《じゃちぼうぎゃく》、また「死ぬる覚悟」。目を怒《いか》らせた若者が興奮した様子で、大仰《おおぎょう》な、しかしいかにも借物《かりもの》然とした言葉を口にしたのが、何よりの証拠であった。若者は、自らの手で王を殺しさえすれば、それで全ての問題が解決すると信じている。そのことが、この国にさらなる混乱と、暴動、虐殺さえ引き起こしかねないことなど、考えてもいないのだ。いったい人というものは、何と簡単に後先《あとさき》考えぬ、盲目的暗殺者へと仕立て上げられるものだろう……。

そんなことを考え、眉をひそめていると、メロスという若者が急に妙なことを言い出した。

「死刑までに三日間の日限を与えてくれ」と言うのだ。自分が人を殺しに来ておいて、そんな虫のよい話があるものか。もし逆の立場であれば、殺される方には、三日はおろか、一秒の猶予も残されていないではないか。王が苦笑で報いると、若者は、先ほどまでの鼻息はどこへやら、足元に視線を落として言った。

「たった一人の妹に、亭主をもたせてやりたいのです。三日のうちに、私は村で結婚式を挙げさせ、必ず、ここへ帰って来ます」

どうやら若者は、ようやく老人に吹き込まれた言葉から逃れて我に返り、同時に自分が何の為に市に来たのかを思い出したらしい。

「ばかな」と王は、少し意地悪く言ってみた。「とんでもない嘘《うそ》を言うわい。逃した小鳥が帰って来るというのか」

「そうです。帰ってくるのです」若者は必死で言い張った。「私は約束を守ります。私を、三日間だけ許して下さい。妹が、私の帰りを待っているのです。そんなに私を信じられないならば、よろしい、この市にセリヌンティウスという石工《いしく》がいます。私の無二の親友です。あれを、人質としてここに置いて行きましょう。私が逃げてしまって、三日目の日暮れまで、ここに帰って来なかったら、あの友人を締め殺して下さい。たのむ。そうして下さい」

これを聞いて王は、少なからず驚き、また呆れた。今度は友人を代わりに処刑せよだと？　この若者は、他人の命をいったい何だと思っているのだ。なるほど、いまこの瞬間は、三日のうちに、必ず帰ってくるつもりなのだろう。だが、神ならぬ身に、三日後はおろか、どうして明日のことさえ、はっきりと言えよう。いま確かに打っている心《しん》の臓《ぞう》が、次の瞬間には、理由もなしに、動かなくなることとてあるのだ。その恐ろしい可能性を、この羊飼いの若者は、生まれてこの方、一度も考えたことがないのだろうか。だとすれば、なんという単純な、そして幸せな人生であろう！

王の頭にある計画が閃《ひらめ》いたのは、まさにその時であった。先日のクウ・デ・タア騒ぎと、それに続く反対派の暗躍のせいで、シラクスの市にはいま不穏な空気が流れている。王城内だけでなく、都の者たちの間にまで、裏切り、密告が横行しているのだ。人が、人を信じることを、できなくなっている。生きていくうえで人の心を疑うのは、ある程度はやむをえないことだ。だが、それも行き過ぎれば、住みにくい世の中になる。過剰な不安は、暴動へとつながりかねない。王は、かねがね、こんにちシラクスの市を覆《おお》う疑心暗鬼の黒雲を、なんとかできぬかと考えていた。疑うことを知らぬ単純素朴なこの若者が、あるいは、よい契機になるかもしれない。

「願いを、聞いた。その身代りを呼ぶがよい。三日目には、おくれず、日没までに帰って来い」

メロスの顔に、ほっとした表情が浮かぶのを、王は見逃さなかった。

シラクスの石工、セリヌンティウスは、深夜、王城に召された。彼は、メロスに会う前に別室に呼ばれ、そこで王から直々に、今回の計画について聞かされた。王の言葉に、セリヌンティウスは青い顔で首肯《うなず》いた。

竹馬の友、メロスとセリヌンティウスは、王の前で二年ぶりに相逢うた。セリヌンティウスは、無言でメロスをひしと抱きしめると、わけも聞かず、友の代わりに、縄打たれた。メロスは、すぐに出発する。初夏、満天の星である。故郷の村へ急ぐメロスの背後には、幾つかの黒い影が、ひっそりと、気配も無く張りついている。王から、メロスを監視するよう命じられた者たちであった。逃げ出されては、困るのだ。

そこから先のメロスの行動は、伝令を通じて、王のもとに逐一《ちくいち》伝えられた。第一の報告によれば、メロスが村に到着したのは、翌《あく》る日の午前。陽は既に高く昇って、村人たちは野に出て仕事をはじめていた。兄の代わりに羊群の番をしていたメロスの妹は、よろめいて歩いてくる兄の、疲労困憊《こんぱい》の姿を見つけて驚いたようであった。元来《がんらい》無口な牧人であるメロスは、妹の質問に手を振り、簡単に言った。

「なんでも無い。あす、おまえの結婚式を挙げる。早いほうがよかろう」

妹は頬をあからめた。

「うれしいか。奇麗《きれい》な衣裳《いしょう》も買って来た。さあ、これから行って、村の人たちに知らせて来い。結婚式は、あすだと」

メロスはそれだけ言うと、家に帰って神々の祭壇を飾り、祝宴の席を整え、間もなく床に倒れ臥し、呼吸もせぬくらいの深い眠りに落ちてしまった。

この報告を聞いて、王はちょっと首を傾《かし》げた。祭壇を飾ったり、祝宴の席を整える前に、花婿の家に事情を話しにいくべきではないのか？　しかし、まあ、村には村のやり方があるのだろう、と考えることにして、待っていると、伝令が第二の報告を携えてやってきた。

メロスは夜まで眠っていたらしい。それから、花婿の家を訪れて、結婚式を明日にしてくれとたのんだ。案の定、婿の牧人は驚き、こちらには未《いま》だなんの支度も出来ていないから、葡萄《ぶどう》の季節まで待ってくれと答えた。メロスは、待つことはできぬ、どうか明日にしてくれ給《たま》え、の一点張りである。婿の牧人も頑強であった。なかなか承知しない。夜明けまで堂々巡りの議論が続いたが、このままではとうてい埒《らち》が明きそうにない。結局、王の使者が、こっそり、婿となる牧人を家の裏手に呼び出し、いくばくかの金子《きんす》を渡すことで、なんとか納得させた。

王は、いささか心配になってきた。メロスという若者は、なるほど純朴一途《いちず》の正直者のようだ。が、それだけでは約束を守ることはできない。果たして、三日目の日暮れまでに、無事妹の結婚式を終え、此処に帰ってくることが出来るであろうか？　王は使者に対して引き続きメロスの監視を命じた。

結婚式は、真昼に行われた。新郎新婦の、神々への宣誓が済んだころ、黒雲が空を覆い、ぽつぽつと雨が降りだし、やがて車軸を流すような大雨となった。祝宴に列席していた村人たちは、狭い家の中で、むんむんと蒸し暑いのも怺《こら》え、陽気に歌をうたい、手を拍《う》った。祝宴は、夜に入っていよいよ乱れ華やかになり、人々は、外の豪雨を全く気にしなくなった。メロスもまた、満面に喜色を湛《たた》え、今宵呆然《こよいぼうぜん》、歓喜に酔っている。まるで、王との約束など忘れはて、生涯このまま村で暮らしてゆくつもりのように見える。

監視の者たちは目配せを交わした。一人が、村人の恰好《かっこう》で祝宴に紛れこむと、メロスのすぐ背後に近寄り、わざと聞こえるように、こんなことを言った。

「聞いたかい。あした、市で磔《はりつけ》の見世物《みせもの》があるそうだ。なんでも、友人の身代わりにつかまっている石工が死刑になるらしい。可哀想《かわいそう》に、友達の約束を信じたばかりに、とんだことになったものさ」

遠目にも、メロスの顔が、さっと青ざめるのが見てとれた。彼は左右を見回し、よろよろと立ち上がると、宴席の輪から抜け出した。そのまま出発するかと思ったが、メロスは羊小屋にもぐり込み、死んだように眠ってしまった。慣れぬ酒に、酔ったらしい。

メロスは、そのまま眠り続ける。夜は、刻一刻と更けて行く。王の命《めい》で密《ひそ》かに監視を続ける者たちは、気が気ではなかった。激しく降っていた雨も、やがて小降りになり、東の空が白みはじめても、メロスはまだ大鼾《いびき》をかいて眠りこけている。監視の者たちは、ついにしびれを切らせ、彼を起こしにかかった。まずは、羊小屋の窓から、小石を投げつけてみた。メロスは、起きぬ。小枝で突っついたが、やはり、起きぬ。最後に一人が羊小屋に入り込み、耳元で「起きろ！」と怒鳴《どな》って、ようやくメロスは目を覚ました。

「おや。もう、こんな時間か」メロスは寝ぼけ眼《まなこ》で呟くと、悠々と身支度をして、ようやく雨の中に走り出た。

その後も、王のもとには、次々に報告が届けられた。伝令たちは皆、選《え》り抜きの俊足揃《ぞろ》いであり、また国中に張り巡らされた秘密の間道を利用することで、メロスの先回りをするのは、さほど難しいことではなかったのだ。

報告によれば、メロスはとりあえず隣村まで走り続けたらしい。その頃には、雨も止み、日は高く昇って、そろそろ暑くなって来ていた。メロスは額の汗を拭うと、走るのをやめ、呑気《のんき》に、好きな小歌をいい声で歌いながら、ゆっくりと歩きだした。そうしてぶらぶら歩いて二里行き三里行き、そろそろ全里程の半ばに到達した頃、川のほとりで、彼の足が、はたと、とまった。

川にかかる橋が、影も形もなくなっていた。きのうの豪雨で、山の水源地が氾濫《はんらん》し、濁流滔々《とうとう》と下流に集まり、猛勢一挙に橋を破壊し、どうどうと響きをあげる激流が、木端微塵《こっぱみじん》に橋桁《はしげた》を跳ね飛ばしていたのだ。繋舟《けいしゅう》は残らず浪《なみ》に浚《さら》われて影なく、渡守りの姿も見えない。

もっとも、これはある程度予想されてしかるべきことであった。これまでも、少し強い雨が降るたびに、この橋はしばしば流されてきた。地形の関係で、丈夫な橋をかけることができないのだ。近隣の村人たちは、こんな場合、一本上流の吊《つ》り橋を回って、対岸に渡ることにしている。メロスも、当然そうするものだと思い、見守っていた監視の者たちは、次の瞬間、あっと声をあげた。

しばらく川岸に立って流れを眺めていたメロスが、何を思ったのか、突然身を翻《ひるがえ》し、ざんぶと流れに飛び込んだのだ。彼は、百匹の大蛇のようにのた打ち荒れ狂う浪を相手に、必死の闘争を開始した。満身の力を腕にこめて、押し寄せ渦巻き引きずる流れを、掻《か》きわけ掻きわけ、むやみやたら獅子奮迅《ししふんじん》の闘いである。だが、如何《いかん》せん、人間の力が自然に敵《かな》うわけもない。メロスの姿は、たちまち、下流に向かって、凄《すさ》まじい勢いで押し流されてゆく。監視の者たちは、慌てて、対岸から樹木の枝を流されゆくメロスに差し出した。メロスは、危ういところで、枝にすがりついた。

岸に這《は》い上がったメロスは、大量の水を吐いた。それから、馬のように大きな胴震いを一つして、ふたたび歩きはじめた。川での無意味な騒ぎに時間をとられたせいで、陽は既に西に傾きかけている。メロス自身もまた、すっかり疲労したらしく、ぜいぜいと荒い呼吸をしながら、峠をのぼってゆく。物陰から監視の者たちが心配そうに見守る中、メロスはよろよろと峠をのぼり続け、のぼり切ったところで、彼の目の前に一隊の山賊が躍り出た。それから、双方、目に一丁字《いっていじ》も無い、無学な山賊とメロスの間での、次のような問答が交わされた。

「待て」

「何をするのだ。私は陽の沈まぬうちに王城へ行かねばならぬ。放せ」

「どっこい放さぬ。持ち物を全部置いて行け」

「私にはいのちの他には何もない。その、たった一つのいのちも、これから王にくれてやるのだ」

「では、そのいのちとやらを置いて行くんだな」

「さては、王の命令で、ここで私を待ち伏せしていたのだな」

監視の者たちは、呆れて顔を見合わせた。山賊たちは、メロスが言ういのちが何かわからず、財宝か何かと勘違いしているらしい。そのうえメロスが、山賊たちを王が差し向けたとばかり思い込んでいるので、会話が噛《か》み合わないこと甚《はなは》だしい。いずれにしても、メロスがこれ以上おくれることがあってはならなかった。監視の者が一斉に剣を抜き、メロスの背後に姿を現すと、山賊たちはぎょっとしたように動きをとめた。その隙《すき》にメロスは、よせばいいのに、驚いて茫然としている山賊の一人から棍棒《こんぼう》を奪い取り、三人ほど殴り倒した後で、転がるように峠を下っていった。一方、仲間が殴られたことで、山賊たちは激高した。直《ただ》ちに馬であとを追おうとする。剣を収めた監視の者たちが、彼らをなだめ、すかし、ここでもまたいくばくかの金子を与えることで、ようやく追跡をあきらめさせた。

聞き終えて、王は微《かす》かに苦笑した。思いのほか出費が嵩《かさ》んだが、峠を越えればもう、市までは一息である、なんとか間に合いそうだ。安堵の息をついていると、次の報告を携《たずさ》えた伝令が慌ただしく駆け込んできた。

メロスが、路傍の草原に寝転がり、動かなくなってしまったという。身体の疲労のためであろうか、はたまた己の命が惜《お》しくなったのか。監視の者たちが、姿を現してメロスに近づき、耳元で、

「セリヌンティウスは、いまも牢の中でおまえを無心に待っているのだ」

と励まし、あるいは、

「この裏切者め！」

「途中で倒れるのは、はじめから何もしないのと同じ事だぞ」

「愛する友は、おまえを信じたばかりに、殺されなければならないのだ」

「おまえは、きっと笑われる。おまえの一家も笑われるだろう」

と、いくら罵《ののし》り、嘲《あざけ》ろうとも、メロスはもはや芋虫《いもむし》ほどにも前進しようとしなかった。彼はただ、草原に寝転がったまま、

「私は、これほど努力したのだ。約束を破る心は、みじんもなかった。神も照覧、私は精一ぱいに努め来たのだ。動けなくなるまで走って来たのだ。私は不信の徒では無い。ああ、できる事なら私の胸を截《た》ち割って、真紅の心臓をお目に掛けたい。愛と信実の血液だけで動いているこの心

臓を見せてやりたい」

などと、不貞腐《ふてくさ》れたように、呟くだけであるという。

王は嘆息した。ああ、メロスよ。意味もなく濁流を泳ぎ切り、哀《あわ》れな山賊を三人までも殴り倒した韋駄天《いだてん》、メロスよ。真の勇者たるべき、メロスよ。今、ここで、疲れ切って動けなくなるとは情無い。わしは、できることなら、おまえが自分の力で約束を守り通してほしいと願っていた。そのためにわしは、おまえに監視の者をつけ、おまえの行く手を遮《さえぎ》るものどもを除いてやった。そうすればおまえは、なんとか自分の力でやり遂《と》げるのではないかと期待していたのだ。だが、やはり、おまえ一人の力には任せられぬらしい。そもそもおまえは、妹の結婚式を決めるのに長くかかり過ぎた。祝宴の席に、長く居すぎた。酒を、飲み過ぎた。また夜来の豪雨で橋が流される事も、途中、山賊が出るかもしれぬ事も、当然予想出来た筈《はず》なのに、少しも考えに入れてはいなかった。これでわかったであろう。信実とは、安っぽい感傷の事ではない。いくら無二の親友とはいえ、軽々しく他人の命を賭けてはならぬのだ。約束を守るためには、人が己の言葉を信じてもらうためには、ただ全力を尽くせばよいというものではない。そのために人は、未来という曖昧《あいまい》な時間に対して、およそ考えつく限りの、ありとあらゆる想像力を働かせ、準備を怠らず、それでもなお、時には多くの犠牲を支払わなければならぬものなのだ。おまえは、何としても信頼に報いなければならぬ。そのために、わしは自分の為《な》すべき事をしよう。

王は一つため息をつき、使いの者に、かねてより用意してあった小瓶《こびん》を、動こうとしなくなったメロスの鼻先に嗅《か》がせるよう命じた。

小瓶の中には、異国伝来の、人を走らせる秘薬が入っている。

メロスよ、おまえはこの秘薬の力を借りて、己の約束を守るがよい。あるいは、そのせいで、おまえは命を落とすことになるかもしれない。だが、おまえの命なぞは、問題ではない。死んでお詫《わ》び、などと気のいい事を言って済ませてもらっては困るのだ。

王は窓の外に目をやった。斜陽は赤い光を、樹々《きぎ》の葉に投じ、葉も枝も燃えるばかりに輝いている。日没までには、時間はもうあまり残されていなかった。王ディオニスは、周囲の者たちに促《うなが》されて、玉座を立った。市に設けられた刑場へと向いながら、王は口の中で小さく呟いた。急げ、メロス。おくれてはならぬ。走れ！　メロス。

はたして、秘薬の効果はてきめんであった。監視の者たちが王から授けられた小瓶の蓋《ふた》を取り、メロスの鼻先に嗅がせると、彼はたちまち跳ね起きた。次の瞬間、メロスはもう走りはじめている。路《みち》行く人を押しのけ、跳ね飛ばし、メロスは黒い風のように走った。野原で酒宴の、その宴席のまっただ中を駆け抜け、酒宴の人たちを仰天させ、犬を蹴《け》とばし、小川を飛び越え、すこしずつ沈んでゆく太陽の十倍も早く走った。メロスは、いまは、ほとんど全裸体であった。呼吸も出来ず、二度、三度、口から血が噴き出した。彼は、自分がどんな風態《ふうてい》をしているのかさえ気づかなかった。いや、自分が何のために走っているかさえ分からなかった。メロスの頭は、からっぽだった。何一つ考えていない。ただ、わけの分からぬ大きな力にひきずられて走っている。

そのメロスの背後に、寄り添うように、黒い影が一つ。俊足揃いの伝令の中でも選りすぐりの俊足フイロストラトスが、メロスとともに走っているのだ。彼はメロスのすぐ後ろを走りながら、秘薬のせいで朦朧《もうろう》としているメロスの耳元に囁き、彼を励まし、行く先を教えてくれる。

「はるか向うに小さく、シラクスの市の塔楼」

「塔……楼？」メロスは走りながら、ぼんやりと尋ねた。「そう言う、おまえは……誰だ？」

「フイロストラトスでございます」若い伝令は息を切らせもせず、律儀に答えた。「夕陽を受けてきらきら光っている、あれが塔楼。あそこで、貴方のお友達セリヌンティウス様が貴方を待っていらっしゃる」

「セリヌンティウスが……私を？」メロスは、まだぼんやりとしている。

「そうです。あそこで、日暮れとともに、あの方が死刑になるのです」

「だが……まだ、陽は沈まぬ」メロスの目に、赤く大きい夕陽が映った。

「あの方は、あなたを信じて居りました」フイロストラトスは、わざとメロスの気持ちをかき立てるように言った。「刑場に引き出されても、平気でいました。王様が、さんざんあの方をからかっても、メロスは来ます、とだけ答え、強い信念を持ちつづけている様子でございました」

「そうだ、セリヌンティウス！」メロスは、ふいに、自分がなんのために走っているのかを思い出した。「彼が待っている。それだから、私は走るのだ。ついて来い！　フイロストラトス」

「では、うんと走るがいい。ひょっとしたら間に合わぬものでもない。走るがいい」

フイロストラトスは、メロスが疾風の如く刑場に突入していくのを確認して、彼の背後を離れた。陽はゆらゆらと地平線に没し、まさに最後の一片の残光も、消えようとしている。ぎりぎり、間に合った。

セリヌンティウスは、磔台の上で心底怯《おび》えていた。王に説得されて、友人メロスの身代わりに縄打たれたものの、まさに本当に命の危険にさらされようとは、予想もしていなかったのだ。三日前のあの夜、セリヌンティウスは王から、

「こんにち、シラクスのまちに蔓延《はびこ》る不信の悪徳を払拭したい。そのために、己の命をかけて約束を守る若者の姿を、まちの人々に見せてやりたいのだ。おまえの命は、保証する。どうか、協力してほしい」

と計画を打ち明けられた。王直々の依頼である。シラクスの市で石工をしているセリヌンティウスに、否応《いやおう》の言えるはずもない。仕方なく、頷くしかなかったのだ。王の計画では、メロスはとっくに帰ってきているはずであった。ところが、どうした手違いなのか、メロスはいまだ戻らず、処刑の延長を主張する王の言葉は見世物に興奮し、血に飢えた群衆の声によって、かき消されてしまっていた。

磔の柱が高々と立てられ、縄を打たれたセリヌンティウスは、徐々に釣り上げられてゆく。メロスが全裸のまま刑場に駆けこんできたのは、まさにそんな瞬間であった。メロスの姿を見つけたセリヌンティウスは、必死の思いで叫んだ。

「待て。メロスが帰ってきた。約束のとおり、いま、帰って来た」

だが、興奮した群衆は、セリヌンティウスの叫びにも、メロスの到着にも、気がつかない。

「刑吏！　殺されるのは、私じゃない。メロスだ。私は、彼の代わりに人質になったんだ！」

セリヌンティウスは、気が狂ったように叫んだ。メロスは、群衆を掻きわけ、掻きわけ、近づいてくる。ついに磔台に昇り、釣り上げられてゆく友の両足に、齧《かじ》りついた。群衆はどよめいた。あっぱれ。ゆるせ。彼らは、さっきまでの残酷な熱狂はどこへやら、手のひらを返したように、口々にわめきだした。セリヌンティウスの縄は、危ういところで、ほどかれたのである。

「メロス！」セリヌンティウスは、安堵のあまり、眼に涙を浮かべて、メロスに駆け寄った。一方のメロスは全裸体はともかく、口の端には血の泡が浮かび、体は傷だらけ、左右の眼の焦点がまるで合っていない。そのうえ彼は、なにやらぶつぶつと、わけのわからぬことを呟いているようであった。セリヌンティウスは眼で王の姿を捜し、ちらりと視線を合わせると、すべてを察した様子で首肯《うなず》いた。彼は、かねて教えられていた通り、刑場一ぱいに鳴り響くほど音高くメロスの右頬を殴った。メロスは、眼を白黒させている。それからセリヌンティウスは、もう一つ、王に教えられた通りの台詞《せりふ》を口にした。

「メロス、私を殴れ。同じくらい音高く私の頬を殴れ。君が殴ってくれなければ、私は君と抱擁できない」

まだ秘薬の影響から完全に抜け出ていないメロスは、言われるがまま、腕に唸《うな》りをつけて、容赦なくセリヌンティウスの頬を殴りつけた。あまりの痛さに、セリヌンティウスは眩暈《めまい》を起こし、メロスにしがみつくと、おいおいと声を放って泣き出したほどである。

二人のそのやり取りを見ていた群衆の中から、歔欷《きょき》の声が聞こえたのは、まったく不思議としか云いようがない。

王ディオニスは、群衆の背後から二人の様子を、まじまじと見つめていた。そして、静かに二人に近づくと、群衆に聞こえるよう、大声でこう宣言した。

「おまえらの望みは叶《かな》ったぞ。おまえらは、わしの心に勝ったのだ。信実とは、決して空虚な妄想ではなかった。どうか、わしも仲間に入れてくれまいか。どうか、わしの願いを聞き入れて、おまえらの仲間の一人にしてほしい」

群衆の間から、まるで謀《はか》ったかのようにどっと歓声が湧《わ》きあがった（実際、王が仕込んだサクラであった）。

「万歳、王様万歳」

王は満足げに首肯《うなず》いた。後は最後の仕上げである。ディオニスは腰元の少女に目配せをして緋《ひ》のマントをメロスに捧《ささ》げさせた。まごつくメロスに、王は佳《よ》き友として教えてやった。

「メロス、君は、まっぱだかじゃないか。早くそのマントを着るがいい。この可愛《かわい》い娘さんは、メロスの裸体を、皆に見られるのが、たまらなく口惜《くや》しいのだ」

メロスは、マントの色に負けぬほど赤面した。緋色のマントをまとったメロスと、その横で死刑囚の純白の衣服をまとったセリヌンティウスの組み合わせは、ひどく目立った。

王が、群衆によく見えるよう、紅白二人の若者の肩に手をやり、両脇に抱えて微笑《ほほえ》んでみせると、市はふたたび大きな歓声に包まれた。

「万歳、王様万歳」

歓声は波のように繰り返され、いつまでも静まりそうにない。いまや民衆の心は、王のものであった。これでしばらくは、反対派の連中も鳴りを潜《ひそ》めざるをえないだろう。うまくいけば、シラクスの市を覆っている疑心暗鬼の黒雲も、いくらかは晴れるかもしれない。だが、はたして、この茶番《ちゃばん》の効果がいつまで続くものだろうか？

王は、群衆の歓声に手を挙げて応《こた》えながら、内心ひそかにため息をつくのであった。

すーぱー・すたじあむ

先日の新聞で「十代の男の子が過去半年に自分でしたスポーツ上位三つから野球が外れた」という記事を読んで、思わず目を疑いました。石ころだらけのグランドで、真っ暗になるまで手作りのバット（！）を振り回して遊んでいた六十年代生まれの人間には、ちょっと信じられない感じです。世の中、変われば変わるものですね。「少年少女小説《ジュブナイル》」のお題で書いた作品です。

……竜次《りゅうじ》が補導された。

1

翌朝グランドに行くと、野球部《クラブ》の連中の様子がおかしかった。もうすぐ練習開始時間だというのに、まだユニフォームに着替えていない奴《やつ》さえいる。

「なにやってんや。着替えて練習始めようや」

僕の呼びかけには、しかし誰も動こうとしなかった。

「どないした？　監督が来るまでにランニングしとかな、またうるさいで」

キャプテンのシミズが僕を振り返った。いつも笑っているようなシミズの細い目が、今朝は妙に引きつっていた。

「監督やったら、もう来てはるわ。いま、顧問のセンセと打ち合わせしてるとこや」

「打ち合わせって、なんの？」

シミズは周りを見回して声をひそめた。

「聞いとるやろ。竜次の一件」

僕は肩をすくめて答えた。

「昨日の夜中、駅裏のゲーセンで……か」

「だから、ほれ、コーヤレン対策や」

ああ、と僕はようやく状況を理解した。

遅ればせながら、みんなの囁《ささや》きが耳に入ってくる。ことさら不安げな声の主は、レギュラーになったばかりの二年生のニシキだ。

「明日の試合、大丈夫ですよね？　まさか出場停止なんてことは、ないですよね？」

質問には誰も答えない。僕は黙ったまま、一回、二回とグラブにボールを放り込んだ。左手の人差し指のつけねにボールが吸い込まれていく感触を確かめる……。

夏休みの深夜、素行のよくない高校生がゲームセンターで補導された。それ自体は別に珍しいことではない。

困ったことに、補導された竜次は元野球部員だった。

日本高等学校野球連盟。通称〝コーヤレン〟は、この手の話に敏感だ。それはもう異様としか言いようがない。僕たちはみんな、現役野球部員の不祥事はもちろん、元野球部員やＯＢがらみのトラブルが理由で出場停止となった例を、耳にタコができるほど聞かされている。

何年か前にも隣の市の野球部が出場停止処分を食らったことがあった。顔も見たことがない卒業生の暴力事件が理由だ。もちろん、そんなのはどう考えたって理不尽だ。三年間のゴールを目の前でひょいと取り上げてしまう、そんな無神経なことがどうやったらできるのか、僕には想像もつかない。その手の話を聞くたびに、僕らはいたく憤慨していたものだ。でも、事件はいつも他人事だった。妙なもので、まさか自分たちの身に厄災が降りかかることになるとは考えてもいなかった。

しかし、と言うか、だから、と言うべきなのか、きっちり事件は起こった。しかも、よりによって明日が地区大会の初戦、僕たちの試合なのだ。僕たち三年生にとっては最後の夏だった。

「なあ、なんか詳しい話を聞いてへんのか？」

顔を上げると、声の主はピッチャーのヨシカワだった。少々事情があって、野球部の中では僕が竜次のことには一番詳しいことになっている。

「なんかって、なに？」

ヨシカワは辺りを見回し、僕の耳に口を寄せた。

「まさか竜次の奴、わざとやったんやないやろな？」

「そんなアホな！」

僕は軽く笑い飛ばしたが、ヨシカワの目はマジだった。周りを見回すと、どうやら同じ疑惑はみんなの胸にも巣食っているらしい。

「あの野郎、どこまで部に迷惑を掛けたら気が済むんや」

「退部してくれてほっとしてたのに……これかよ」

みんな僕の方を見ない。僕もみんなと目を合わさないよう、グランドにしゃがんで、緩んでもいないスパイクの紐《ひも》を丹念に結び直した。

……そう言えば、竜次もよくこうやって練習中にスパイクの紐を結び直していた。「ちょっとでも緩んどると、気になってしゃあないんや」そう嘯《うそぶ》いては、口笛を吹きながら紐を結び直していた竜次の小さな背中を僕は思い出す。

みんなは高校に入ってからの竜次しか知らない。僕だけが小学生の頃からの竜次を知っている。

当時、竜次は僕らのヒーローだったのだ。

2

僕が地元の少年団で野球を始めたのは小学校四年生の時だ。

幾つかあったなかで僕が選んだのは、〝リトル・マリナーズ〟という名のチームだった。理由は他愛もない。子供心にいかしたチーム名のように思えたからだ。

入団したその日、僕は竜次とはじめて口をきいた。学年も同じだったし、帰る方向も途中まで一緒だった。「野球を始めるんだ」という自分の決意に興奮していた僕は、帰り道ずっと喋《しゃべ》りっぱなしだった。竜次はニヤニヤ笑いながら、黙って僕の話を聞いてくれていたが、僕がチーム名への憧れを口にした途端、急に腹を抱えて笑い出した。僕は足を止め、ぽかんとして竜次を見守った。

「うちのチーム名がかっこええやって？　どこがや。監督が、自分のヨメはん自慢しとるだけやないか」

「監督の……奥さん？」

「うちの監督、えらい変わった人でな。あの年で、今だに自分のヨメはんにぞっこんなんや」

竜次は目に浮かんだ涙を拭って言った。

「酒呑《の》むと、よおノロケとるわ。『俺のヨメはんは世界一や』言うてな。俺らに言わせりゃ、たんなるケバいオバチャンやけどな」

なんのことか分からず、ぽかんとしていると、竜次はニヤリと笑って言った。

「監督の奥さん、茉莉奈《まりな》いう名前なんや」

「それで……チーム名が……リトル・マリナーズ？」

僕はよほど間抜け面で立ち尽くしていたのだろう。竜次はまたぷっと吹き出し、しばらく腹を抱えて笑った後で、僕の肩を叩《たた》いて言った。

「ま、どないな理由にせよ、もう入ってしもたんや。あとは頑張るしかないで。言うとくけど、うちの監督、ヨメはんの前では鼻の下長《なご》うしとるくせに、俺らに対しては鬼や。練習は虎の穴くらいキビシイで。ま、うちが強いのは、そのおかげなんやけどな。ははは」

そう言って笑う竜次は、やけに嬉《うれ》しそうだった。

詐欺のような名前のチームだったが、竜次の言葉どおり、練習はきつく、試合には強かった。地区では負け知らず、県でも何回戦かまで勝ち進むのが当たり前だった。そのチームにあって、竜次はただ一人、四年生ですでにレギュラーだった。しかもピッチャーである。

小柄な竜次が体いっぱい使って投げる球に、相手チームは面白いように三振凡打の山を築いた。僕なんかがまだ外野の、さらに奥の草むらで〝球拾い〟ならぬ〝球探し〟をやらされている時の話だ。僕の中で、竜次はたちまちヒーローの座に上りつめていった。

竜次の特徴は、なんと言っても向こう気の強さと大きな声だった。その大きな声で、球審の判定に文句をつけることもたびたびだった。小学生のくせに、だ。もちろんその度に鬼監督にこっぴどく叱《しか》られるのだが、竜次はけろりとしたものだった。

実際、竜次の勢いのいい大声での叱咤《しった》激励は、たびたびチームを盛りあげた。竜次の声には何としても勝つんだという意気込みがあふれていた。

「わいらの勝負に負けはないんや！」

それが竜次の口癖だった。やがて気づくことになるのだが、竜次の言わんとするのは〝格上の相手にも絶対勝てる〟というわけではなく、〝勝つまでとことんやる〟というほどの意味だった。だからこそ〝試合〟ではなく〝勝負〟なのだ。思いこみとは恐ろしいもので、実際に負けていた試合にしばしば逆転勝利をもたらしたのは、その根拠のない確信だった。

六年生の時、僕たちはついに県大会で優勝した。その時のエースで四番が竜次だ。真っ先に胴上げされたのも竜次だ。竜次の体が、ぴかぴか光る夏空に二回、三回と舞った光景を僕ははっきりと覚えている。

それが竜次の絶頂期だった。

僕と竜次は同じ中学に進んだ。もちろん二人とも野球部に入った。入部当時、県の優勝ピッチャーということで、竜次は先輩たちからも一目置かれていた。

中学になっても、竜次は相変わらずの向こう気の強さと大声で、誰彼かまわず容赦ない罵声を浴びせた。

「なにやってんねん。幼稚園児でも捕れる球やで」

「あーあ、アホらし。あんた、ようそんなんで野球やってんなあ」

「どんぐさいなあ。野球なんかやめた方がええんとちゃうか」

先輩であろうが、試合中であろうが、〝絶対に勝つ！〟という竜次の意気込みの前には区別がなかった。実績だけが、竜次にその振る舞いを許していた。

しかし、状況はやがて変化しはじめる。

中学生になると、少年たちは日に日にその姿を変えていく。ミリミリと音を立てるように背が伸び、体が大きくなっていくのだ。僕も例外でなく、一年で十五センチも背が伸びた。比例して走力や筋力もぐんと伸びた。ところが竜次は——。そう、竜次は例外だった。どういうわけか竜次だけは、その自然の恩恵から除外されてしまっていた。

身長一五八センチ。元々小柄だった竜次の身長はそこでぴたりと成長を止めた。周りがどんどん大きくなっていくなか、竜次一人が取り残された。

技術的に大して違いのない中学生にとって体格差は絶対的な意味を持つ。竜次の投げる球は、この僕にさえ、軽々と外野の頭を越えて打ち返されるようになった。そして、それとともに竜次に対するチームメイトの目は少しずつ変化し始めたが、竜次だけがその事実に気づいていないようだった。

二年生の夏、竜次は変化球を覚えようとして肘《ひじ》を壊し、中学最後の一年間を棒に振った。

僕と竜次は同じ高校に進み、そして野球部に入った。

竜次は相変わらず小柄だった。その頃には、竜次の大声と向こう気の強さは、僕の目から見ても常軌を逸し始めていた。竜次は相変わらず、先輩であろうと試合中であろうと、誰彼かまわず怒鳴り飛ばした。実力の裏付けのない竜次の罵声を誰が甘んじて受けるだろう？　もちろん、そのことで先輩から何度もシメられた。竜次一人ではない。連帯責任の名の下に、僕たち一年生が一列に並べられ、順にビンタを食らうのだ。

竜次はたちまち部内で孤立した。が、それでも竜次の傲慢《ごうまん》さは変わらなかった。

「わいはピッチャーですねん」

竜次は頑として言い張った。チームにはすでに長身のピッチャー候補が二人いた。監督は竜次の小学生からの野球経験を買って、セカンドをやらせようとしていた。しかし監督や顧問の先生が何度言っても、竜次は譲ろうとはしなかった。

「ピッチャー以外は、アホらしゅうてやれまへんわ」

竜次は壊れたレコードのように、その台詞《せりふ》を繰り返すだけだった。最後に監督は吐き捨てるようにこう言った。

「竜次よ、野球はチームプレイなんや。お前にはむいてないんちゃうか」

そんなわけで、竜次のピッチング練習につき合う奴は誰もいなかったから、竜次は壁に向かって一人でピッチング練習をすることになった。黙々と、ではない。得意の大声で悪態をつきながらだ。

「ちくしょう」「あほんだら」「このボケが」……。

隣で練習をしているテニス部から苦情が出たほどだ。だから竜次が肩を痛めたとぼやいているのを聞いた時も、同情する奴は誰もいなかった。

竜次の肩はなかなか治らなかった。腕が肩より上がらなくなり、しびれがきて箸《はし》が持てなくなって、竜次はようやく医者に行った。

それから二、三日して、竜次が青い顔で部に現れた。その手には、医者の診断書と休部届けが握られていた。後から監督に聞いたところでは、竜次の肩と肘は靭帯《じんたい》がぼろぼろで、これ以上野球を続けることを禁じられたらしい。そのことを聞いた時でさえ、正直なところ部の誰もがほっとしていたのだ。それきり竜次はグランドには一度も姿を現さなかった。休部届けは、結果として退部届けとなってしまった。

3

待っていても監督はなかなか戻りそうになかった。

僕たちは落ち着かない気持ちのまま、ランニングと軽いキャッチボールを始めた。始めてみれば、何もしていないよりは体を動かしていた方が気が楽だった。

「おっこいぇー」「おーえー」

いつもながらの意味不明の掛け声とともに、僕たちは気のないキャッチボールを続けていた。

グランドに予想外の人影が現れたのはそんな時だ。

僕たちは動きを止め、人影に目を凝らした。何か間違った光景を見ているという奇妙な気分がした。

だが、陽炎《かげろう》に揺れながら近づいてきた人影は、もう見間違いようがなかった。竜次だ。しかし竜次が、今この瞬間、どうやったらこの場に現れることができるのだ?

バックネット前までやってきた竜次は、呆気《あっけ》に取られている僕たちに向かってひょいと手を挙げた。

「よお、暑い中ご苦労さん。相変わらず無駄な頑張りをしてるこっちゃなあ」

皮肉の棘《とげ》が、ただでさえ薄くなっている皮膚に容赦なく突き刺さる。その一言で、みんなは我に返り、一斉に竜次に詰め寄った。

「どのツラさげてこの場に現れたんや!」

「お前のせいで出場停止になるかもしれへんのやぞ!」

「自分が野球できへんからいうて、アホなことすんなや!」

竜次はぽかんとして、ニキビ面がまだらに紅潮したみんなの顔を眺めていた。奇妙なことに竜次は、自分が現れたさいに発生するであろうこの当然の反応を少しも予想していなかったようだった。やがて、竜次の顔にいつもの薄ら笑いが浮かぶのを、僕は見た。部員たちの息が上がったところで、竜次は素早く反撃に出た。

「明日はどうせ負ける試合やったんやろ。ええ言い訳になってよかったやないか」

みんなは、怒りに顔を赤黒く変化させながらも、後に続く言葉を見失った。

明日の対戦相手は去年の県大会の準優勝校だ。順当に考えて、うちの高校が勝てる相手じゃない。勝つどころが、コールドで負けても少しの不思議もない。そんなことは組み合わせが決まった瞬間から覚悟している。しかし、それを決して口にしないことが僕らの不文律だった。そうでなければ僕たちはこの三年間の意味を見失ってしまう。サッカー部の奴らが髪を長く伸ばし、ピアスをしているこの時代に、何のために坊主頭で過ごさなければならなかったのか？　その理由が分からなくなる。

竜次はみんなの心を見透かしたように追い討ちをかけた。

「大体、こんな気のない練習しとるくらいやったら、はじめからやめといた方がええんとちゃうか？」

何人かの赤かった顔がさっと青ざめ、今にも竜次につかみかかりそうな気配になった。

竜次は薄ら笑いを浮かべた顔でみんなを見回した。そして、くるりと後ろを向くと、来た時と同じように悠然と立ち去った。

みんながその背中を睨《にら》みつけ、言葉を吐き捨てた。

「もう二度と顔出すんやないで！」

竜次が校舎の陰に見えなくなると、僕たちは、またぞろぞろと練習を再開した。

「おっこいぇー」「おーえー」

間の抜けた掛け声がふたたびグランドに響く。日差しは強く、グランドには他の運動部の奴らの姿も見えない。蟬《せみ》だけが、やけくそのように力を振り絞って鳴いていた。

突然、そんな全ての情景を圧する大声がグランドの隅にわき上がった。

うぉーぉーぉー……。

振り返ると、またしても竜次だった。自転車に乗った竜次が、大声で怒鳴りながらグランドに駆け戻ってきたのだ。

竜次の怒鳴り声はドップラー効果を上げながら、まっすぐに突っ込んできた。みんなは慌てて鉄砲玉の進路から飛《と》び退《の》いた。竜次は一直線に突っ込んで来ると、マウンドの上でタイヤをドリフトさせ、土埃《つちぼこり》を巻きあげて止まった。そして自転車から飛び下りると、カゴに積んであった西《すい》瓜《か》を両手でつかんで高々と投げ上げた。

緑と黒の球体が青空に向けてゆっくり回転しながら上昇していく……とは後で勝手に思い描いたイメージで、実際には西瓜は浮かぶ間もなくマウンドに叩きつけられた。

グシャという音がして、汁けの多い赤い実がマウンドに点々と散らばった。その間、僕たちは呆《あき》れて口もきけずに見守っていた。

竜次は肩で大きく息を吸うと、自転車にまたがり、元来た道を駆け去った。

うぉーぉーぉー……。

ふたたび竜次の声が今度は逆のドップラー効果を上げながら遠ざかっていく。

シミズが僕を振り返って苦笑した。

「あれやもんな……。竜次の奴、昔からちょっとも変わってへん」

僕が返事をしなかったので、その先のシミズの言葉は頭を掻《か》きながらの独り言になった。

「まるで拗《す》ねたガキや。ヨーコちゃんも、ようあんな奴とつき合ってるわ……」

僕は黙って肩をすくめた。

昔から竜次の記憶には果物のイメージがついて回る。イメージの大部分は竜次の家が八百屋をやっていることに起因しているのだが、それに加え、竜次はことあるごとに家の野菜や果物を持ち出してきた。竜次の機嫌のよい時は、練習の後、水気の多い果物が部員全員に振る舞われた。機嫌の悪い時は、例えば、部室の前にバナナの皮が一面に敷き詰められたりする。どちらにしても、まともな高校生のやることではない。シミズが〝拗ねたガキ〟と言ったのはそういう意味である。

一緒くたに語られた〝ヨーコちゃん云々《うんぬん》〟というのは、これは全く別の話だ。

ヨーコは、僕の一つ下の妹のことである。こいつが竜次とつき合っている。少々事情があって、と言うのはこのことだ。別の高校に通っているこの妹は、兄の僕が言うのも何だが、今のところ少々グレている。うちの親なんかはとっくに諦めていて、妹も家の中では唯一僕とだけ口をきく有様だ。本来ならば十七にもなった妹がどんな奴とつき合おうと僕の知ったことではないのだが、彼女が竜次に惹《ひ》かれた元々の原因が、どうやら小学生の頃から僕が家で竜次を散々ヒーローに祭り上げていたせいのようなのだ。僕にいささかの責任があると言えばあるような気もする。ない、と言えばないのかもしれない。難しいところだ。世の中という奴は、野球のルールほどにははっきりしていない。

……とまあ、そんなところが、西瓜の破片が散らばるマウンドを前に僕が肩をすくめた理由である。しかし、僕の深遠な悩みはともかく、当面の問題はマウンド上の掃除だった。

「一年！　何してる、さっさと動かんかい！」

僕の号令で、一年生部員がクモの子を散らすように駆け去った。三年になるというのはえらいものだ。年をくうのも、悪いことばかりではない。一年生たちは、たちまち屑籠《くずかご》をどこからか見つけてきた。西瓜の破片を集めるには大きすぎたが、それをとがめ立てするほどには僕たちも意地悪ではない。

掃除をしながらも、一年たちの口は止まることを知らなかった。

「もったいないなあ。これ、よお冷えたスイカやんか」

「お前、ちょっと食ってみいや。どや、このへんなんかまだ食えるで」

彼らの声をひそめたやり取りには、どこか浮き浮きとした調子が感じられた。一年たちは練習を中断したこの真夏の珍事を楽しんでいるのだ。

でもまあ、それも無理もないことだった。彼らにはまだ二年間のチャンスが残っている。それを〝無限〟だと思っているに違いなかった。

僕たち三年生だけが、最後の夏の日差しにちりちりと焦げていた。

騒ぎが一段落するのを見計らったように、監督が現れた。詳しいことは分からないが、僕たちはどうやら出場停止だけはまぬがれたようだった。

4

翌日は朝から雲一つない晴天だった。

「今日も暑なりそうやな」

球場へ向かうバスの中で僕たちはそう言い合った。夏が暑いのは分かり切ったことなので、今更その事実に対して文句をつけるわけではない。第一、少々暑いからといって、僕らのプレーに大した影響が出ることはない。そのために毎日、炎天下で長時間の練習をしているのだ。地球の温暖化は僕たちが一番よく実感している。

けれど、風は別だった。

朝から吹き始めた南風は、僕たちの試合が始まる正午が近づくにつれて次第に強くなった。ライトからレフト方向にセンターポールの旗が激しくはためいている。目の前で行われた第一試合でも、風の影響なのか、それともたんに下手《へた》なだけなのか、イージーフライを取り落とす場面が何度も見られた。

高台に新しく作られたこの球場の設計者は、どうやら野球を知らない奴らしい。でなければ、陰険な変質者に違いなかった。なにしろスタンドの隙間からグランドへ向けて、強風がもろに吹き抜けているのだ。

「クラスの奴らも応援に来てくれる言うとったのに、エラーしたらかっこ悪いなぁ」

ライトを守ることになっているコバヤシが顔をしかめて呟《つぶや》いた。クラスの風評を気にするような奴ではないので、本当はつき合い始めたばかりの彼女が見に来ることになっているのかもしれない。

見に来る彼女こそいないものの、レフトを守る僕も同じ気持ちだった。最後の試合でみっともないエラーは、できればしたくないのが人情だ。こんな時だけは、風の影響の少ない内野のポジションがうらやましかった。

ところが試合が始まってみると、強い風は僕らに一方的に味方した。長打を狙って振り回してくる相手チームの打球は、風に押し戻されてイージーフライになった。逆に、僕たちが打った平凡な内野フライが思わぬポテンヒットになったりする。軟投派のヨシカワの変化球は面白いように曲がり、しかもきわどいところにぴしぴし決まった。

思いがけないのは風の影響ばかりではない。相手チームのライナー性の当たりはことごとく野手の正面に飛び、僕たちがバントで転がした球は白線上でぴたりと止まった。

ツイてる、としか言いようがない。長年野球をやっていると、こういうことに出くわすことがたまにある。だから野球は面白い。おかげでコールドゲームも覚悟していた試合が一歩も引かない大熱戦になった。予想外の大健闘に応援席は盛り上がる。一番驚いているのは、試合をしている僕たち選手だった。

気がつくと、早くも七回が終わろうとしていた。スコアボードを見上げると、得点は二対一。なんと僕たちがリードしているではないか！　このまま勝てば大番狂わせだ。

「頑張れやー！　勝てるでー！」

そんな声が応援席からも聞こえ出す。こうなると急拵《きゅうごしら》えの応援団やチアガールまでが堂々と見えてくるから不思議なものだ。

七回裏、相手の攻撃はツーアウト、ランナーなし。相手チームの攻撃は残り二回。アウト七つ。想像できない数字ではない。

グランドに立っている僕たちでさえ、〝勝てる〟と思い始めていた。

一塁側の僕たちの応援席で騒ぎが起こったのはそんな時だった。ブラスバンドの演奏が途切れ、スタンドがざわめいた。グランドをいやな風が吹き抜けたような気がした。

レフトの守備についていた僕は、プレーの中断を確認してライトスタンドに目を凝らした。気がつくと、スタンドを見ているのは僕だけではなかった。グランドにいた選手や審判全員がスタンドを振り返っている。

それに気づいた時、僕たちのチームは全員、思わずよく晴れた夏空を振り仰いだ。

騒ぎの中心に、竜次の姿があった。

さっきまでは、球場内のどこにもいなかったはずだ。それは、部員全員が猜疑《さいぎ》の目で隈無《くまな》く探っていたので間違いない。ところが今や、竜次がスタンドの主役だった。

竜次は、三畳程もある大きな校旗を振り回しながらスタンドを駆け回っていた。応援団から無理やり奪い取ったに違いない。

大きなエンジ色の校旗が、走る竜次の背中でたなびく様は壮観だった。

うぉーぉーぉー……。

よく通る竜次の大声が球場に響きわたった。相手チームの応援団も度肝を抜かれたようすで、呆気に取られて眺めている。竜次は校旗を頭上に振りかざし、スタンド最上段からまっすぐに駆け下りて来た。

その瞬間、一陣の風がスタンドを激しく舞った。グランドにいた全員が、あっと息を呑んだ。女生徒の短いスカートがまくれ上がったせいばかりではない。風が、竜次の手から校旗を巻き上げたのだ。

風に漂う一枚の布と化した校旗は、いったん上空にふわりと舞い上がり、ゆっくりとグランドに落下した。

一瞬の沈黙の後、球場全体がどよめいた。相手応援席からヤジが飛ぶ。とんだ〝不祥事〟だ。こんなに風の強い日は、ポールについた三畳もの布きれを支えているだけでも大変だ。風に向かって駆け下りていけばどうなるか、容易に予想がつきそうなものだった。

もちろんゲームは中断となった。係員の手で校旗が回収される間、守備についている僕たちは呆然《ぼうぜん》と成り行きを見守っていた。スタンドに目をやると、どこに行ったのか竜次の姿はすでに見えなくなっていた。

中断は、時間にしてせいぜい十分程度だっただろう。気のきいた奴でも、ジュースを買ってくるくらいしか出来ない時間だ。真夏の試合でピッチャーの肩が冷えたとは思えない。とすれば、試合にはやはり〝流れ〟というものがあって、その時を境に変わったとしか言いようがなかった。

試合再開後、ヨシカワが投げた一球目のカーブは真ん中高めに入った。気がついた時にはもう、打球はセンターとライトの間を転々と転がっていた。鋭い金属音が聞こえたのは、その後のことだ。

それからは、手がつけられなかった。外野を守っている僕たちは忙しくて仕方がなかった。痛烈なゴロやライナー、それに頭上を越える打球が次々に飛んできた。こういうのを〝めった打ち〟というのだ。しかも僕を含め、見事なエラーの続出だった。一度などは、ショートとセンターとレフト（僕だ）が、一つのボールの行方を追って、てんでバラバラの方向に走り出したことさえあった。……しかもボールは全然別の場所にぽとりと落ちた。

いつまでも続くと思われた七回裏の攻撃がようやく終わった時、僕たちにはスコアボードを見る勇気はすでになかった。

一方、八回九回の僕たちの攻撃の所要時間は、いずれもあっけないほど短かった。三振にピッチャーゴロ、それから……。やめよう。並べるだけ無駄だ。早い話が連続三者凡退である。

結局、試合は九回裏を行うことなく終了した。終わってみれば九対二。

惨敗だった。

5

夕方、解散後いったん家に帰った僕は、思いついて河川敷へと足を向けた。

河川敷には小学生の僕たちが野球をしていたグランドがある。今も変わらず使われているはずだった。

自転車で一気に土手を駆け上がると、広い河川敷が一時に目に飛び込んできた。

強い西日を受けたグランドでは、今日も小学生たちが黄色い声を上げてボールを追っている。ホームベースの背後、手作りの粗末なバックネットの裏に竜次の姿があった。

僕は自転車を降りて、グランドに向かって進んだ。僕の姿に気づいていないはずはなかったが、竜次は振り返ろうともしなかった。僕は黙って竜次の隣に腰を下ろした。

目の前には、かつて僕たちがそこにいた場所で、やはり同じ様なことを繰り返している小学生たちの姿があった。少年たちのユニフォームには「ホワイト・ソックスズ」という縫い取りが見える。そう言えば、僕たちの「リトル・マリナーズ」が最近解散したという話を聞いた。なんでも、監督の奥さんが若いツバメを作って逃げたらしい。

「なあ、このチームの名前どう思う？」

ふいに、竜次が口を開いた。バックネットに尋ねたのでなければ、残る相手は僕しかいない。

少し考えて答えた。

「そやな。メジャーリーグみたいで、ええんとちゃうか」

「メジャーリーグ？　お前は相変わらずアホやな。昔から全然変わってへんやんか」

僕は思わず苦笑した。意見自体は間違っていないかもしれないが、少なくとも竜次にだけは言われたくない台詞だ。

「ここの監督、商売がクリーニング屋なんやて。それでチーム名がホワイト・ソックスズ」

竜次の言葉に、僕は思わず吹き出した。

「少年野球のチーム名は、そんなんばっかしか」

「ま、俺らのリトル・マリナーズには勝てへんけどな」

二人で声を合わせて軽く笑った。けれど、昔のように身をよじって笑ったりはしない。

「今日はサンキュウな」

僕はできるだけさりげなく切り出した。

「なにが？」

「応援に来てくれとったやろ」

「ラジオで聞いてたんやけど、つい、な」

竜次は照れた顔で呟いた。僕はちょっとためらったが、結局思い切って言うことにした。

「ほんでもまあ、野球部のみんなにはちょこっと謝っといた方がええで」

「謝る？　なんで？」

竜次はぽかんとした顔で僕を振り返った。ふり、ではないらしい。仕方なく、試合が終わった後の部員の様子を説明すると、竜次の顔にはたちまち皮肉の薄笑いが浮かんだ。

「何言うてんねん。負けたのは実力やないか」

僕は肩をすくめるしかなかった。竜次の言葉は、そのとおりではある。冷静に考えれば、一件の後、打たれ出したのは相手チームがヨシカワの球に目が慣れたせいだし、その打球を風を読み切れずにエラーしたのは僕たちの実力だ。あの後、僕たちの打線が完全に押さえ込まれたのも実力どおりだった。そんなことは野球部のみんなも分かっている。しかしそれでもなお、みんなは「あの中断がなければ」という仮定が振り切れないのだ。今、竜次が一言詫《わ》びなければ、敗戦の原因をずっと竜次のせいにする奴が出てきてしまいそうだった。例えば昨日、よく冷えた西瓜を持って陣中見舞いに来てくれた竜次の行為が、結果として、練習の邪魔をしに来たと記憶されてしまうように。

「ふん、そんな奴はほっといたらええ。わいの知ったことやない」

竜次の声が次第に大きくなる。

「大体《だいたい》、お前ら気合い入ってへんのじゃ。そのくせに……」

「ちょい待った」

僕は慌てて竜次を制した。

気がつくと、少年たちが練習を止めてじっとこっちを見ていた。

「なんや。どないしたんや？」

竜次が僕に聞いたが、僕に分かるわけがない。こっちが聞きたいくらいだ。

少年たちは何人かで集まってこそこそ話していたが、そのうち代表らしい一人がまっすぐにやってきた。そして僕たちに向かって、バックネット越しに声を掛けた。

「なあ、オッチャン。審判やってや。今から紅白戦すんねん」

僕たちは思わず顔を見合わせた。それにしても、オッチャンとは……。

「審判？　監督さんがおるやろ？」

「今日、うちの監督、仕事忙しいて来はらへんねん」

「そうか。ほなしゃあないな」

躊躇《ちゅうちょ》している僕をしりめに、竜次はさっさと立ち上がった。竜次は少年たちに歓声をもって迎えられた。少年たちは、早速二組に分かれてグランドに散っていく。

「プレイボール！」

竜次の屈託のない大声がグランドにこだまする。久しぶりに見る竜次の生き生きとした姿だった。何だかんだ言っても、竜次は野球というこのゲームが好きで仕方がないのだ。

たどたどしく始まったゲームを目で追いながら、僕は妹の話を思い出した。

あの夜……つまり竜次が補導された夜、妹や何人かの友達も、竜次と一緒にゲームセンターにいたらしい。竜次は元々ゲームなんかに興味を示す方ではない。その日も自分ではやらずに、他人のするゲームをつまらなそうに眺めていたそうだ。ところが、みんなが帰る頃になって竜次がゲームを始めた。そして、そのゲーム機の前から一歩も動かなくなってしまったのだ。

竜次が始めたゲームは「すーぱー・すたじあむ」という名の野球ゲームだった。

十一時を過ぎると警察が見回りに来るのは事前に分かっていたことだ。ヨーコたちも、もちろん竜次を連れ出そうとした。しかし、竜次は頑としてゲーム機の前から動こうとはしなかった。出たばかりのバイト代を全部つぎ込んで、架空のその試合に何としても勝とうとしていたのだ……。

目の前で審判をしている竜次の背中が、ゲーム機の前から動こうとしない頑《かたく》なな背中に重なる。

結局、妹たちは竜次を残して先に退散した。そして、ゲームをやり続けた竜次だけが補導されたのだ。

「ほんま、竜ちゃん、いっぺんやりだしたら勝つまでは絶対やめへんのやから」

ヨーコは困惑したような、そのくせ満更《まんざら》でもないような顔でそう言った。妹からその話を聞いた時、僕は一瞬だけ呆れ、その後不覚にも胸がつまった。他の奴が聞いたら鼻で笑うかもしれない。しかし、僕にはどうしても竜次を笑うことができなかった。その夜の竜次には、そのゲームで勝つことがどうしても必要だったのだ。

「ストライック、バッターアウト。チェンジ！」

竜次は小気味のよいリズムでジャッジを続けている。

僕はふと目を凝らす。茜色《あかねいろ》に染まった空にシルエットで浮かぶ竜次の背中が、やけに大きく見える。一五八センチなんていう数字が嘘《うそ》のようだ。竜次が突き上げる拳に、少年たちがきびきびと反応している……。

なんだ、そうなのか。

突然、僕は理解する。

竜次にとっての勝負はまだ終わっていないのだ。勝つまではやめない、それが竜次なのだ。僕たちは甲子園を目指した試合の一つに負けた。もう次はない。しかも、竜次はその試合に参加すらできなかった。それも間違いのない事実だ。しかし竜次にとって、そんなことは大したことではなかったのではないか？

竜次の勝負はまだ終わっていない……。

「わいの勝負に負けはないんや！」

その言葉どおり、竜次はいつか休部届けを破り捨て、マウンドに復帰するに違いない。そして向かい来る強打者を、ばったばったとなぎ倒していくのだ。

暮れなずむ夏の夕景のただ中で、僕にはそう思われてならないのだった。

月光伝

デビューしたての頃、某文芸誌から「ファンタジー風のものが何かあれば」と声がかかり、勇んで持参したデビュー前執筆作品です。ドキドキしながら待っていると、読み終えた編集者はにこりと笑って「いいですね」と言う。思わず身を乗り出した私に、「こんな風な感じで書いて下さい」「は?」「ですから、こんな風な感じでもう一作」「……」。要するに不採用《ボツ》、次も? ということらしい。帰り道、さすがは文芸編集者、持ってまわった言い方をするものだ、と感心したかというとそうでもなく、思い出すと今でも腹が立つ。だいたい「ファンタジー風」って何だよ?

デビュー前執筆作品は基本表に出さない主義なのですが、リベンジの意味を込めて。

1

九月に入ったというのに、連日、気温が三十度を越す日が続いていた。異常気象は世界的な兆候らしく、アリゾナではとうとう数百頭の馬が即身仏《ミイラ》になったということだった。

江口守《えぐちまもる》は路肩に止めた中古のブルーバードの中で、ラジオから流れてくるニュースをぼんやりと聞いていた。フロントガラス越しに見える路面には、苛《いら》つく西日が照りつけ、死んだ馬の亡霊のような陽炎が揺らめいている。がたの来たカーエアコンは、ばたばたとやたらに耳障りな音ばかり立てて、効きは一向に芳しくなかった。額には、いつの間にかじりっと汗が浮かんでいた。

江口はラジオを止めて、車の後部座席を振り返った。売り物の百科事典のパンフレットとサンプルが山と積んである。一番上のクリップボードは、大事な成約者リストだったが、今のところ新聞広告を裏返して貼っても大差は無かった。何度振り返ってもひとりでに名前が増えるはずもない。

最近の売れ行きはさっぱりだった。江口自慢の〝立て板に水〟の弁舌をもってしても、教育ママ……もとい、〝お子さんの教育にご熱心なお母さま〟連中の首を縦に振らせることが出来ないのだ。

江口は首を傾げた。今までと何が違うのだろう？

もちろん商売の先行きに問題がないことはない。景気が陰り、一方でこれほどインターネットが普及した中で、狭い住宅に全二〇巻の分厚い百科事典が無用のそしりを受けるのは免れない。第一、江口自身が売り物に何の魅力も愛着も感じていないのだ。

しかし、それは昔からのことだった。一体どこに問題のない商売があるだろうか？ その上で、幻想《イメージ》を売るのが江口の商売なのだ。

「……お宅のような教養ある一家には、将来、是非ともこちらの百科事典が必要になってきます……ええ、皆さんにお勧めしている訳ではないのです。こちらは、当社独自のリサーチによって、特に認められた方だけにお勧めしている商品です。……え？ 例えばですか。困ったなあ。本当は秘密厳守なんですが、ここだけの話ですよ」

と江口は声をひそめる。

「本当にここだけの話なんですがね、隣町の向井《むかい》さん、そう、今年、息子さんがケーオーに入られた……あのお宅にも五年前に買って頂いたんです。……いや、もちろんこの百科事典の御利益なんて、そんなことは申しません。ただ、有るのと無いのとでは、いざという時に違いますからね……」

江口がその幻想を信じているかどうかは別の問題だった。これまではそれでうまくいっていたのだ。季節外れの熱風が世の母親の頭を狂わせてしまったか、もしくは正常《まとも》にしてしまったかのどちらかだった。

江口は煙草を探して、上着のポケットに手を突っ込んだ。煙草はなかったが、代わりにくしゃくしゃになった紙切れが指先に触れた。

取り出してみると、それは一葉の葉書で、どうやら高校の同窓会の案内状らしい。いつ受け取ったものか全く記憶になかったが、無意識にポケットに突っ込んだのだろう。

卒業後十五年の間には、何度か同窓会の案内も届いていたが、江口はこれまでその手の会合には参加したことがなかった。キザな言い方をすれば、過去を振り返るよりは現在を生きるのに忙しかったのだ。

江口は別のポケットから探し当てた煙草に火をつけ、ダッシュボードの上に投げ出した葉書を薄目でにらんだ。案内状には、市内のいやしからぬホテルの名前が印刷されてあった。江口が今車を止めている場所からはたいして離れていない。しかも日時は、今日の七時からである。

「仕方ねえな。困った時のなんとかだ」

そう呟いた江口は、卒業後初めて、同窓会とやらに顔を出すべく車をスタートさせた。

2

思ったより道が混んでいたので、江口は同窓会の時間に少し遅れて着いた。会場に入ると、幸いなことに、丁度幹事の挨拶とそれに続く乾杯の音頭が終わったところだった。

立食パーティー形式の会場には、ざっと百人近い人間が詰め掛け、小皿を片手に思い思いに料理に手を伸ばしている。

見知った顔を探して辺りを見回していると、甲高い声に呼び止められた。

「マモル君？　江口守君でしょ？」

振り返ると、化粧の濃い、エンジのスーツを着た女が立っていた。手には、料理を山のように盛り付けた小皿を持っている。

「やっぱりそうだ。守君、全然変わらないわね。同窓会に来るの、初めてなんじゃない？　十五年ぶり？　懐かしいわね」

ぺらぺらとよく喋る女の顔を、江口はどうしても思い出せなかった。江口の表情に気づいたのか、女は大袈裟にむくれて見せた。

「いやだ、思い出せないの。トモコよ。大西友子《おおにしともこ》。今じゃ、中野だけど」

「えっ、友子？　そうか、あんまり奇麗になったんで分からなかったなあ」

江口は取り敢えず慣れ親しんだおべんちゃらを口にして、その場を取り繕った。

友子？　大西友子？

懸命に頭を巡らせていると、次第に記憶が蘇ってきたが、それは一層江口を混乱させるものだった。

目の前にいる化粧の濃い厚かましい女が、あの大西友子なのか？

「昔は散々口説いたくせに、忘れるなんてひどいじゃない」

友子は辺りをはばかるように小声で囁いて、意味ありげな流し目をくれた。

どうやら間違いないらしい。

高校時代、サッカー部だった江口は同級生の女の子たちに人気があった。試合で派手なプレーをし、たまにつまらないことを言って笑わせてやりさえすれば、大抵の女の子は江口のことをうっとりした目で眺めた。江口にとって、そんな彼女たちの気持ちをつかむことなど、水道の蛇口をひねるより簡単なことだった。

友子も当時、そんな江口の取り巻きの一人だった。たしか、キスくらいはしたことがある、……はずだが、江口にはあの頃の友子と、今目の前にいる女とがどうしても結び付かなかった。とはいえ、江口は十五年前の記憶の風化に愕然とするほど純情でも山出しでもない。昔の記憶に女の面影が重なろうが重なるまいがどちらでも良かった。今の江口にとって目の前の女は単なる顧客《カモ》だ。

江口はさっそく舌をほぐしにかかった。

「中野って？　友子、まさか結婚したなんて言わないでくれよな」

「何言ってるの。もう七年も前にしちゃったわよ。守君の方はどうなの？」

「俺はまだ独り者だよ。……そうか、残念だな。せっかく友子に会うために、来たくもない同窓会にやってきたのに」

「あらあら、相変わらずお上手だこと」

「上手なもんか。本当は聞きたくないんだが、もう子供もいるんだろうな？」

「六つと三つの男の子がね」

打ってつけだ。江口は内心ほくそ笑んだ。

「君に似て可愛いんだろうな」

「写真見る？」

「いや、止めとくよ。君の幸せな家庭に嫉妬してしまいそうだ」

「なに言ってるのよ」

友子は軽く笑ったが、満更でもないようだった。

「でも、これから子供たちの勉強を見てやるのが大変な時期だな」

「そうなのよね。塾や家庭教師代も馬鹿にならないし……」

友子はふっと眉間にしわを寄せた。その顔を江口はよく知っていた。子供の教育に人生の全てをかけている母親の顔だった。

「そうそう、そう言えば」

江口は手にしたアタッシェケースからパンフレットを取り出した。

「俺、いま教育系の出版社に勤めているんだけどさ。この百科事典のこと聞いたことないかな。いや、ないかも知れないな。なにしろ、本当だったら会社独自のリサーチの結果を見て、適切と思われる家庭にしか紹介していないいんだ。でもまあ、友子にだったら昔のよしみで……」

江口はその口上を最後まで続けることが出来なかった。友子が人が変わったような冷たい声で遮ったのだ。

「えーっ、守君。こんな商売やってるの」

「ああ、そうだけど。こんな商売は、ひどいな」

江口は苦笑しながら答えた。

「そうなの。わたし、守君はもっとちゃんとした職業についているんだと思っていたわ」

友子はいきなりきびすを返すと人込みの中に紛れて行った。後ろを一度も振り返ろうとはしなかった。

ちゃんとした職業ってどう言うことだよ。江口は一瞬憮然としたが、気を取り直して次の顧客《カモ》を物色しながら、さざめく輪の中に入って行った。

昔から人当たりの良い江口は、どのグループにも喜んで迎え入れられた。

「よう、久しぶり。元気だったか」

「懐かしいわねえ」

「少し太ったんじゃないか」

……………。

ところが江口が一度パンフレットを取り出すと、かつての同窓たちの目はさっと冷たくなり、江口の周りから確実に数センチ遠ざかった。

「いや、今は間に合っているわ」

「考えとくけど、今はちょっとなあ」

友子のようにあからさまに顔を背ける奴もいた。

やがて会場に、江口を巡る噂がさざ波のように伝わって行くのが分かった。

勝手にしやがれ。てめえら何様のつもりなんだ。

江口はいったん営業を諦めて、水割りをなめながら会場の隅の壁に張り付いた。

会場には、そろそろ酔いが回り始めたらしかった。かつての同窓生たちは、お互いに相手の言うことに耳も貸さずに声高に喋り、あるいは名刺を交換してお互いの地位を探りあっている。女たちは女たちで、旦那の肩書を比べあっては一喜一憂している……。

江口には、何故だか急に彼らの一切の振る舞いが馬鹿馬鹿しく見え出した。名刺を恭しく取り出す仕草や、互いに肩をたたき合ったりしているのが、どうしようもなくくだらなく思えた。おかげで、せっかくの漁場だというのにその中に入って行くことがどうしても出来なかった。

ふと、輪から弾き出されるように、背の低い、小太りの男がよろよろと歩み出て来た。江口の方を振り返った男の鼻の頭には、会場のよく効いた空調にもかかわらず、びっしりと玉の汗が浮かんでいる。

「いやあ、暑いですね」

男は片手でばたばたと顔を扇ぎながら江口のそばに来ると、傍らの壁にぺたりと背中をつけた。江口は、男のかけている今時珍しい牛乳ビンの底のようなメガネに見覚えがあった。

「おめえ、もしかしてヤスじゃねえか?」

男は牛乳ビンの底を覗き見るようにして江口の顔を見た。そうだ、間違いない。確か、本名は安藤康彦《あんどうやすひこ》。通称ヤス。高校生のころ、専ら江口たちの使い走りだった男だ。

「江口だよ。……久しぶりだなあ。おめえ、いまなにやってるんだ」

ヤスは分厚いメガネの奥の目を細め、ようやく相手に気づいたようだった。

「あっ、これは江口さん。どうもご無沙汰しております」

安藤は馬鹿丁寧な挨拶をした。昔から少しも変わっていなかった。江口は少し嬉しくなった。

無口なその口から何とか聞き出したところ、安藤は何と今、大学で教えているという。

「へーえ、偉くなったじゃねえか。ヤスが大学の教授先生か」

「いえ、まだ講師なんです」

「同じようなものさ。……そうだ教授先生だったら、こんなものも家に必要になってくるんじゃねえのか」

江口はパンフレットを取り出して安藤に勧めた。安藤は江口の口上を黙って聞いていたが、一通り聞き終わってから申し訳なさそうに首を振った。

「なかなか良さそうなものですけど……」

「だろ、だったら一セット買ってくれよ」

「しかし使う家族もいないですし、それに今の僕の収入じゃとても手が出ないです」

「まだ見ぬ子供への投資だと思えば安いものさ。それに、ちゃんと俺が月賦《ローン》の算段を組んでやるからよ。……ちなみに月給いくらだい」

安藤がぼそりと言った額を、江口は思わず聞き返した。牛乳ビンの底をのぞき込んだが、安藤が別に嘘を言っているようでもない。

江口は大きなため息をついた。こいつに払い切れるはずがなかった。

「じゃあいいや。そのかわり、ちょっと一緒に来てくれよ」

江口はグラスに残っていた水割りを飲み干すと、安藤をひき連れて、最寄りの人垣の中に顔を突っ込んだ。安藤を話のマクラにもう一営業してみるつもりだった。

「なあ、みんな、知ってるか。この、ヤスの野郎が、今じゃ大学の教授先生なんだってよ」

案の定、一同の目がさっと集まった。

「いや、まだ講師で……」

ぼそぼそと口ごもる安藤の尻を江口が張り飛ばした。そして彼の耳に口を寄せて小さくささやいた。

「いいんだよ、てめえは黙ってりゃ。後は任せとけって」

安藤は黙って首をすくめた。

「へーっ、知らなかったわ。すごいじゃない。で、専攻は何なの？」

背の高い女が尋ねた。

「一応、民族学です」

安藤が目を伏せて答えた。

「どうだ、民族学だってよ。なかなか並の奴じゃあ思いつかないぜ」

江口は安藤の肩を叩いて笑った。

「実は、今日はいい話があるんだ。このヤス大先生がお勧めの……」

江口が正に件《くだん》のパンフレットを取り出そうとした瞬間、隣にいたスーツ姿の男が横から口を挟んできた。その耳障りな猫なで声に聞き覚えがあった。隣のクラスだった高橋《たかはし》だ。

「民族学だって？　なんとまあ。今日来ることになっている、我らが〝教授〟と同じじゃないか」

江口は舌打ちをして、声に出さずに毒づいた。

（この野郎、昔から間の悪い奴だったが、全然進歩してねえな）

「ほんと？　〝教授〟が今日来ることになっているの？　知らなかったわ。懐《なつ》かしいわねえ。たしか、〝教授〟は私たちが卒業するのと同時に退職したのよね。そうすると、私たちが最後の教え子ってわけね」

「ありがたくも、そういうことになるな」高橋が短く笑って言った。

それからはすっかり〝教授〟に座の話題をもって行かれてしまった。

江口は両手を広げて黙り込んだ。どうも今日は、やることなすことうまく行かないようだ。

〝教授〟というのは、高校生だった江口たちに歴史を教えていた痩せた老教師のあだ名だ。当時、誰が聞き込んで来たのか、彼が以前大学で教えていたことがあり、しかも何らかの理由で職を追われたらしいという噂があった。したがって――まあ、当然ではあるのだが――〝教授〟というあだ名も、高校生特有の容赦ない皮肉に過ぎない。

当時、〝教授〟は一体幾つだったのだろう？　高校生の江口たちは、四十を越える教師はすべて〝あのジジイ〟で片付けていたが、中でも〝教授〟は一際老けて見えた。しかも〝教授〟は思索癖があったのか、単に変わり者だったのか、奇行で知られていた。授業中に教壇にあってすら、ぶつぶつと独り言を呟きながら自分の世界に閉じこもってしまうことも再々だった……。

「ねえ、あの頃、〝教授〟が若いころには学会で高い評価を受けていたという噂があったわよね」背の高い女が尋ねた。

「うん。それは本当らしい」

答えたのは、またしても高橋だ。

「それに彼の家は、代々高名な研究者を輩出している一族らしい。僕もよくは知らないんだけどね」

高橋は謙遜しているらしい言葉とは裏腹な、得意げな顔で付け加えた。

「やれやれ。そんなお人が、何があって躾《しつけ》の悪い猿のような高校生を教えることになったんだ」

江口がひとごとのように言ったので、周りからくすくす笑いが起こった。何しろ、当の江口がその猿の群れの先頭に立って騒いでいた張本人なのだ。

「でも、本当に何でなのかしら？　その辺りの事情を安藤君は知らないの」

一同の目が安藤に集まったが、安藤は牛乳ビンの底の細い目をしばたたかせるだけで何も答えなかった。

白けたその場の雰囲気を取り繕うように誰かが慌てて言葉を継いだ。

「そう言えば、最近、〝教授〟がボケちゃったっていう噂を聞いたんだけど……」

「うん。その噂は僕も聞いた。しかし、今日来るっていうんだったら平気なんだろう」

高橋がしたり顔で言った。

「けっ、なに言ってるんだ。〝教授〟がボケているのは昔からじゃねえか」

すかさず江口が突っ込んで、みんながまた声を立てて笑った。高橋一人が渋い顔をしている。いい気味だった。

その時、会場にアナウンスが流れた。幹事の声だ。

「えー、宴たけなわではございますが、ここで残念なお知らせがあります。……今日、出席を予定されておりました村上先生ですが、いま教えてらっしゃる教室の都合がつかないので来られなくなったとのことです。皆さんにくれぐれもよろしくとのことです」

アナウンスに耳を澄ませていた会場の中から、一瞬ため息が漏れた。しかし、誰もそれ以上は残念がっていないようだった。

たちまち耳に戻った喧噪の中で江口は首を傾げた。

「村上先生って、誰だっけ？」

「おいおい、なに言ってるんだ。まさに、いま話題の〝教授〟のことじゃないか」

高橋が鬼の首でも取ったようにすかさず答えた。

「ああ、〝教授〟ね……」

江口は小生意気な高橋の顔を無視して、思いを巡らせた。

いま教えている教室の都合、だって？

あのじいさん、まだそんなことをやっているのか。だとすれば、こいつはいい顧客になってくれるかもしれないな……。

江口は幹事から〝教授〟の家の電話番号を聞き出すと、そっと会場を抜け出した。使えない同窓生たちよりは希望が持てそうだった。

電話口に直接出た〝教授〟の少しかすれた声は、昔と少しも変わっていなかった。

「江口と申します。高校生の時に先生に教えていただいた者なんですが……」

「ああ、江口君だろ。分かってるよ。で、どうした？」

〝教授〟は十五年ぶりに聞く江口の声に、驚いてさえいないようだった。といって、別に懐かしがる風でもない。これには江口の方がいささか拍子抜けしたが、商売の話をするにはその方が都合が良いかもしれなかった。

「実は、お会いして少々お願いしたいことがありまして。……いえ、たいしたことじゃないんです。久しぶりの同窓会に顔を出したら先生のことを思い出しましてね。妙に懐かしくなったんで、こうしてお電話しているわけです。まあ、積もる話もありますし。……お伺いするのは、いつがよろしいでしょうか」

受話器の向こうでしばらくの沈黙があった。

「ふむ。明日の晩、九時以降で良ければ時間を作るがね」

「じゃあ、その時間にお邪魔いたします」

「場所は分かっとるかね？」

「はあ、なんとか」

江口があやふやな答え方をすると、〝教授〟は丁寧に道順を教えてくれた。

「道が細いからね。電車かバスで来た方がいいな」

そんなことまで助言してくれたのだ。案外、江口の訪問を喜んでいるのかもしれなかった。

3

翌日、江口は〝教授〟の指示どおり、市外の小さな駅で電車を降りた。

〝教授〟の家はすぐに見つかった。閑静な住宅地にある小ぢんまりとしたその家は、どこか癇《かん》性《しょう》な几帳面さが漂っているようだった。江口は、この家が何代にもわたって高名な学者を輩出して来たという話を思い出した。

門には古びた表札がかかり、風雨にさらされた文字はやっと「村上」と判読できるほどだ。腕時計を見ると、八時半を少し回ったところだった。約束には少し早いが、遅れるよりはましだろう。

江口が門のわきの呼び鈴を押すと、からからと引き戸が開いた。内から、品の良い年配の女性が現れた。顔に困ったような表情が張り付いている。〝教授〟の奥さんらしい。

「どうも夜分お邪魔しましてすみません。わたくし、江口と申します。九時ということで村上先生にお約束いただいていたんですが、ちょっと早く来すぎましたかね?」

奥さんは黙って首を振ると、家のなかに入るよう身振りで促した。江口が差し出した手土産にも黙って頭を下げただけだった。江口は口を閉じて、相手には気づかれないように肩をすくめた。〝教授〟も変人だったが、この奥さんもよっぽど変わっている。

江口は細い廊下を通って奥の一室に案内された。廊下のあちこちに、たくさんの本や書類が無雑作に積み上げられていた。どうやら他の部屋からあふれ出したものらしい。通された部屋は、元々は客間と呼ばれていたようだが、そこもとっくに文献、資料の類によって侵食されていた。

江口がキョロキョロしていると、奥さんが無言でコーヒーを運んで来て、また黙っていなくなった。

出されたコーヒーをひとくち口にふくんで、江口は思わず顔をしかめた。コーヒーはひどく苦かった。もしかすると今夜の江口の訪問は、奥さんにとってはあまり歓迎すべきものではなかったのかもしれない……。

江口はソファーに座って、じっと待った。

〝教授〟はなかなか現れなかった。家の中は不思議なほど静かだった。人の動いている気配もない。この家の沈黙のどこかで人が暮らしているのが信じられない程だ。

江口は無性に煙草が吸いたくなった。辺りを見回したが、部屋には灰皿らしきものは見当たらなかった。仕方ないので、気を紛らわすために本棚にある本の背表紙を順番に眺めていくことにした。もちろん江口には、そこに書かれてある文字が何語であるかさえ分からなかった。

手近にあった一冊を抜き出して、出鱈目《でたらめ》にページを開いた。試しにローマ字読みで声に出してみる。

リップレップル、ヒズレ、マキニ……

江口の低い呟きは、悪魔を呼び出す呪文の様に黴《かび》臭い部屋にこだました。その呪文に応えるように〝教授〟が音もなく部屋に入って来た。

江口は慌てて本を元の棚に戻して立ち上がった。

「どうもご無沙汰しています。このたびは突然お邪魔いたしまして……」

〝教授〟は小さく手を振って、江口に座るよう指示し、自身は上座のソファーに座った。昔と変わらない淡々とした様子だ。……と、そこまでは良かった。ところが、あろうことか、〝教授〟はそのまま授業を始めてしまったのだ。

「私は長年にわたりミクロネシア、及びポリネシアの小島を対象にしてフィールド・ワークを重ねて来た。知っての通り、その目的はその地に口伝される民話、伝説の収集にあった」

江口はあっけに取られて、口を挟むタイミングを失った。〝教授〟は江口の様子など一向気にせず授業を続けるつもりらしい。まるで高校生だった江口たちに対するのと同じだ。あまりの成り行きに、江口は呆然とし、パブロフの犬のように耳を垂れて聞くしかなかった。

「ここにあるのは、その成果のほんの一部だ。今日は特徴的な何件かを紹介することにしよう」

〝教授〟は部屋中にうずたかく積まれたノートや種々の本の山を示し、おもむろに卓上の小型テープレコーダーのスイッチを入れた。

現地の老人らしき声が何かを語りだした。時々〝教授〟とおぼしき声の相槌《あいづち》が入る。もちろん江口にはそれが何を言っているのか分かる由《よし》もない。

〝教授〟はテープを時折止め、解説を加えた。

江口はしばらく黙って聞いていたが、そのうちに無性に腹が立って来た。怒りがパブロフの呪縛を破った。

「先生、お話中に口を挟んで申し訳ないのですが、その……授業はこのへんで止めてもらえませんかね。私はなにも先生の授業を受けるために、ここに来たわけではないのです」

〝教授〟はテープを止め、少し哀《かな》しげな顔をした。そして小さく首を振って呟いた。

「君たちはどうして、いつも性急に結論だけを欲しがるのだろう」

「いえね、先生」江口はなだめるように言葉を継いだ。

「私も村上先生の授業を受けるのは懐かしいのですが、私には何を言っているかさっぱり分かりませんし、第一、意味がない」

〝教授〟は江口の言葉が終わるのをじっと待って、ゆっくりと口を開いた。

……事態は好転しなかった。

「私はその研究を続けて行くうちに、彼らの伝承する物語には一つの共通したファクターとパターンが隠されているのに気がついた」

〝教授〟は授業を再開したのだ。江口は諦めてソファーに深々と身を投げた。

「それはさまざまなヴァリエーションをもって繰り返し語られていた。私はそれを収集した資料の中から慎重に抽出した。驚いたことにそのオリジナルのモチーフは、私が若いころ学会に発表して一蹴された仮説と見事に一致していた」

（何てことだ……）

江口は天を仰いで自分の軽率さを呪った。〝ボケた〟というあの噂は本当だったのだ。どうやら今日は無駄足になったようだった。

江口は大きく一つ息を吐いて立ち上がった。

「すみませんが、別の約束を思い出しました。私はそろそろ失礼させていただきます」

そう言って振り向いた江口の背中に、〝教授〟は大きなため息をついた。

「やれやれ、島の若者たちも同じだ。もう、年寄りたちの物語なぞには耳を傾けようとはしない。だからこそ島の長老衆は、異邦人であるこの私にこの〝石〟を託すよりほかなかったのだろう……」

〝教授〟はそう言いながら手元の小箱をパチリと開いた。

いったんは背を向けた江口は、もう一度振り返って薄暗い電灯の下に目を凝らした。一体、〝教授〟は何を言い始めたんだ？　江口の中で奇妙な好奇心が急に押さえがたく湧き起こった。

〝教授〟の手元にある小箱には、和紙でくるまれた白っぽい石が一つ入っていた。石の形状は、丁度古代日本の勾玉《まがたま》を思わせた。

〝教授〟は黙ってその石を手に取ると縁側に立った。月には薄雲がかかり、庭先の萩をぼんやりと映している。はじめ石は、その柔らかい月の光の中でただぼんやりと白く濁って見えた。

江口は理由も分からず、ただ何かに憑かれたように〝教授〟の手の中の石に目を凝らし続けた。強いて言うならば予感という正体不明のものが江口を包みこんでいた。

やがて石は、中国の玉石のような、艶のある乳白色の輝きをまとい出した。

息を詰めて見守る江口に背を向けたまま、〝教授〟が石を頭上にかざした。

折から雲が流れ、青い月が顔を出した。

江口は目を凝らし、それに気づいて息を飲んだ。

〝教授〟の頭上で輝く石は、月の光を集め、絹のように細い光の糸を紡ぎ出していたのだ。

銀の糸は遥かな雲を越え、彼方へと延びていた……。


やがて席に戻った〝教授〟が再開した授業を、江口は呪術にかけられたように黙って聞くしかなかった。

〝教授〟が展開する仮説は、専門用語や現地の言葉が多く混じっていて、江口には理解できない点も多かった。ただ、江口にも教授の仮説には、一つのイメージが中核《コア》をなしていることが朧《おぼろ》げに想像できた。

〝教授〟が分析してみせた多くの島の物語には「輝ける島」という共通したタームが繰り返し用いられていた。彼らは皆「輝ける島」より出でて、そして選ばれた者だけがそこに帰ることが許されるというわけである。そして「月光石」と呼ばれる石の発する光だけがその島への道標《しるべ》となり、選ばれた者を島へと導く。

選ばれた者とは……。

〝教授〟の話を聞き、石を見つめているうちに、江口は意識が遠退《とおの》いていくような奇妙な感覚にとらわれた。それは不快な感覚ではなかった。ただ目の前の情景が霞み、代わって白昼夢を見ているような別の情景が展開されていく。

江口は確かにその光景を以前見たことがあった。

数人の男たちが帆をはった手漕ぎのカヌーに乗り、「石」に導かれて夜の海を進んでいく。その舟の舳先に立って「石」を頭上にかざしている男の顔は江口自身のようだ……。

「ここではない、どこかにある輝ける島こそが、人間にとっての約束の地なんだ」

情景に重なって、〝教授〟の声が遠く聞こえた。

「一緒に来る気はないかね？」

……そこからはよく覚えていない。

いつ〝教授〟の家を辞したのか、どうやって帰ったのかさえ全然思い出せなかった。

気が付くと、江口は自分のアパートのソファーに横になっていた。カーテンごしに見える表の空が明るくなり始めている。

わが身を振り返ると、服装は昨夜のままだった。

江口は混乱した頭でつながらない記憶を懸命にたどった。が、まるで複雑に入り組んだ迷宮のように出口が見当たらなかった。

やがて、いつもの時間にセットした目覚ましが鳴り出した。江口はその日常の音を止めるためにやっと起き上がった。

妙に頭が痛かった。

4

一体、なにがあったのだろう？

江口にはなぜだかそれが〝教授〟にちょっと電話をかけたり、あるいは一、二時間ふらりと立ち寄って、確かめられる種類のものではないような気がした。

予定を書き込んだ壁掛けのカレンダーを見ると、その日は朝から出向かなければならない顧客との約束があった。江口はさして急ぎでもないその仕事を理由にして、〝教授〟の家への再訪問を一日延ばしにした。

実際のところは、不可解な記憶を確かめたいという欲求の一方で、怖くもあったのだ。それを確かめた瞬間、自分がこれまで当たり前だと思っていたこの世界が、見ず知らずの不気味なものに変わってしまうような気がした。

妙なもので、そんな時に限って仕事の方が急に忙しくなった。今まで声をかけては断られ続けていた顧客のあちらこちらから、急に面談の約束《アポ》が取れはじめた。季節外れの熱風におかしくなっていた教育熱心な母親たちの頭も、ここにきてどうやら元に戻り、百科事典はまた順調に売れ出した。自然に夜の付き合い酒も多くなる。

それは江口にとって、〝教授〟の家を訪れる機会を先送りにするうまい口実でもあった。

数日経つうちに、あの夜に何があったのか確かめたいという気持ち自体がなくなって来た。

「なにがあったか知らないが、しょせん俺には関係のないことじゃねえか。そうとも、今俺が見ているのが本当の世の中だ。〝一緒に来る気はないか〟だって？　そんなわけの分からないところへ、ついて行けるかよ」

その通りだった。

ここには、江口のおべんちゃらに他愛もなく相好を崩し、江口の懐を温めてくれる顧客《カモ》がいる。行きつけの飲み屋には、足のきれいな馴染みの若い女がいる。今日買った馬券は三千円の配当がついた。……他になにが必要だというのだ？

江口は記憶にぴたりと蓋をして、心の棚の一番奥にしまい込んだ。それで万事解決だった。

屈託は熱風とともにどこかに去ってしまった。仕事は順調、女はほどほど、酒はうまい。悪くない人生だ。

しばらくの間は、ふと思い出したように奇妙な感じが訪れることもあったが、江口は無視した。

それも次第に間遠くなり、一カ月が過ぎようという頃には、どんな感覚であったのかも思い出せなくなっていた。

安藤からの電話がかかってきたのは、そんな時だった。

江口ははじめ、電話の声の主にさっぱり思い当たらなかった。

「安藤さん？」

「先日、同窓会でお会いしました安藤です……」

馬鹿のように繰り返すぼそぼそ声を聞いているうちに、江口はようやく牛乳ビンの底メガネを思い出した。

「何だい、ヤスじゃねえか。それならそうと早く言いやがれ。『安藤さん』なんて言っちまったじゃねえか」

「すみません」安藤は素直に謝った。

「まあ、いいけどよ。で、どうしたんだい？　やっぱりあの百科事典が欲しくなって電話して来たのか？　だったら、止めとけ止めとけ。ここだけの話、ありゃあロクなもんじゃねえぞ。第一、おめえの給料じゃ払い切れねえよ。まあ、他の奴だったらサラ金で金借りさせてでも買わせるんだがよ、俺もそんな悪ぃ奴じゃねえから、高校の同窓生にそこまでさせるつもりはねえよ。それにな……」

「いえ、今日は百科事典の話で電話をしたんじゃないんです」

安藤はいつまでも続きそうな江口の軽口を遮った。

「じゃあ、なんだい？」

江口はくわえた煙草に火をつけた。

受話器を通して、安藤が大きく息を吸い込むのが感じられた。そして江口が初めて聞くきっぱりした口調でそのことを告げた。

「昨夜遅く、村上先生が亡くなられました」

5

自宅近くの斎場で行われた〝教授〟の葬儀は、故人がかつて教職にあったことが嘘のように、訪ねる人も少ない、寂しいものだった。

斎場を訪れた江口は辺りを見回し、数少ない弔問客の中に安藤の顔を見つけた。

「おう、ヤス。今回は連絡ありがとよ」

近づいて声をかけると、安藤はペコリと頭を下げた。安藤の借り物らしい礼服は、どう見ても体に合っていない。

「〝教授〟、癌だったんだって？」江口は声をひそめて尋ねた。

「ええ。以前から何度か入退院を繰り返していたそうです。……最期は、先生自身もご自分の病気に気づいていらしたようでした」

安藤は遠くを見る目でそう言った。

江口は黙って肩をすくめた。しんみりした雰囲気はどうも苦手だ。

まばらな弔問客を見回し、ふと、顔をしかめた。小声で安藤に尋ねる。

「なんだい、こりゃ？　葬式にしちゃあ、また変わった音楽が流れてやがる」

斎場には、読経の代わりに、ピアノの曲が繰り返し流れていた。

「ああ、これですか。これは、村上先生の遺言らしいですよ。〝自分の葬儀にはこの曲をかけるよう〟指示されていたらしいです。……ベートーベンのピアノソナタ作品二七の二、一般には『月光の曲』と呼ばれています。バックハウスの演奏だと思いますが、ご存知ないですか？」

江口はじっと耳を澄ませたが、唇を歪めて答えた。

「ご存知ねえな。それにしても、えらくしゃっちょこばった曲だな。もっとにぎやかにできねえものかね」

「にぎやかにと言っても、場が場ですから……」

「それもそうか」

江口は肩をすくめ、安藤と共に献花のための列に並んだ。

葬儀の喪主として弔問客の挨拶を受けているのは、江口が以前会った〝教授〟の奥さんだった。江口の見るところ、葬儀の間中、奥さんはずっと困ったような表情をその顔に張りつけていた。そして弔問に訪れた人たちに、

「この変わった演出は、故人の強い希望なんです。本当は、お葬式くらいはちゃんとやりたかっ

たのですが……」

という言い訳を繰り返していた。

江口のすぐ前に、二十歳くらいの女の子が並んでいた。彼女は自分の献花の番が回って来ると、見かねたように奥さんに声をかけた。

「村上先生のお好きな曲だったんでしょう？　だったら良いじゃありませんか」

奥さんは困ったような顔のまま、又ため息をついた。

「でもねえ、やっぱりお葬式くらいは型通りにやらないと」

女の子はいいかげん鼻白んだようだったが、まだ諦めなかった。

「お葬式のＢＧＭなんて、ちっとも気にすることないですよ。もう十年もすれば、きっと、お葬式にマイケル・ジャクソンを流す人だって出てきますって」

女の子は励ますように明るく言ったが、返ってきたのは奥さんのより深いため息だけだった。

女の子は肩をすくめて振り返った。そして、成り行きをながめていた江口たちに向けて、おおげさに顔をしかめて見せた。


江口と安藤は、故人の家族への一通りの挨拶をすませて斎場を後にした。二人が表の道に出たところで、背後から声がかかった。

「あの、いま、村上先生のお葬式に出ていた方ですよね？」

声の方に目をやると、さっきのマイケル・ジャクソンの女の子だった。

「もし良かったら、先生を偲《しの》んでちょっと飲んでいきませんか？……あれじゃあ、あんまりひどすぎますよ」

江口は唖然として、女の子の顔を眺めた。口を尖らせている目の前の女の子は、どう見ても二十歳そこそこだ。抜けるような色白の肌、丸顔の中々かわいい顔立ちをしている。

〝教授〟が、なんでこんな娘《こ》と知り合いなんだ？

そのことに興味はあったし、第一、若い女の子に声をかけられて飲みに行くなんてめったにないことだ。江口は鼻面を引かれるように女の子について行った。その後ろを、あまり乗り気でない様子の安藤が従った。

久保田有美《くぼたゆみ》と名乗った女の子は、江口を近くの居酒屋に案内し、隅の席に陣取った。慣れた様子でビールと秋刀魚を注文した有美は、温かいお手ふきを広げながら江口の疑問に答えてくれた。

「村上先生が教えていた市民大学で『民族学』の講義をとっていたんです」

「シミンダイガク？」

「知りませんか？　働いている人のために土曜や日曜に近くの大学で色々講義があるんです」

「そこで〝教授〟……いや、村上先生が教えていたわけか？」

「そう、『民族学』をね」

有美は言葉を切って、運ばれて来たビールをグラスに注いだ。

「近くの設計事務所に勤めているんです。普段そういうところで働きながら民族学の講義に出ているなんて、ちょっとおしゃれでしょ」

「そりゃそうだな」

江口は適当に相槌を打ったが、市民大学とやらがどう〝おしゃれ〟なのかは皆目見当がつかなかった。

「わたし、自分が行かなかったものだから大学ってどんなところか興味あったんですよね。別に『民族学』を特にやりたかったわけじゃないんだけど、ほら、村上先生って何て言うか、一番大学の先生ぽかったでしょ。いつもぼそぼそしゃべって。こんな風に……」

有美はそう言って〝教授〟の口癖を真似てみせた。

十五年前の記憶と少しも変わらない教授の物真似に、江口は思わず笑いをもらした。隣を見ると、安藤までが吹き出している。

「それから、こうでしょ……」

控えめに言っても、有美のパフォーマンスは見事だった。驚くほど的確に特徴をつかまえている。その上で適当なデフォルメを加えて演じてみせるのだ。江口たちは手も無く声をあげて笑わされてしまった。

たて込み始めた店内のざわめきは、笑い声などたちまちかき消してしまう。その心安さもあって、有美が得意になって次から次に披露する物真似に江口は涙が出るほど笑った。笑って腹が痛くなるなんて、一体いつ以来だろう?

ふと気がつくと、有美が下を向いてテーブルの一点を見つめていた。江口ははじめ、これも〝物まね〟の一つかと思い、息をひそめて続きを見守った。

しかし、有美はそのまま少しも動こうとはしなかった。

「どうしたんだ？」

江口はそう尋ねかけて、あわてて口から出かかった安易な言葉を飲み込んだ。

有美の大きな二つの目は涙で一杯になっていた。彼女の小さな手はおしぼりをきつく握りしめていた。やがてその小さな手の上に涙が一粒、ぽたりとこぼれて落ちた。

「村上先生……死んじゃった」

有美は小さく呟いた。そのまま彼女の周りの時間だけが止まってしまったように、少しも動こうとしなかった。

ただ時折、ぽたりぽたり、と涙が落ちていた。

江口は安藤と顔を見合わせたが、結局何も言えなかった。二人の男は、時折しゃくり上げる有美の肩をじっと見ているしかなかった。


しばらくして涙を拭った有美は、顔を上げ、恥ずかしそうにぺろりと舌を出した。そして、

「おばちゃん、ビールもう一本追加お願いね」

と大きな声で注文した。

それからの有美は泣いていたことが嘘のようだった。ケラケラと笑いながら、彼女が勤める設計事務所や市民大学での知り合いに関する他愛のない話をし、彼らの特徴を真似てみせた。それは本人を知らない江口たちにも充分おかしかった。

その頃には江口も態勢を立て直し、面目躍如の宴会芸を幾つか披露して見せた。堅物とばかり思っていた安藤までが、つまらない芸をやって、それはそれで笑いを誘った。

三人の座っている一角は、周りの酔っ払いも巻き込んで、異様なまでに盛り上がりをみせた。周囲から、おひねりが飛んで来そうな勢いだった。

最後に追い出されるように店を出ることになったのは、まあ止むを得ない成り行きだろう。

新鮮な夜の風の中で三人はそろって大きく伸びをした。

「おじさんたち、今日はどうもありがとう。おかげでちょっと寂しくなくなったわ。おじさんたちも元気出してね」

有美はそう言って、近くの建売住宅が並んだ一角に消えた。……後には、チェシャ猫のような笑顔がいつまでも残っていた。

6

「やれやれ、〝おじさんたちも元気出してね〟か。どうにも、参ったね」

江口は頭をかいた。

「ヤス、折角だからもう一軒付き合えや。おめえに、ちょっと聞きてぇことがあるんだ」

安藤はコップ何杯かのビールですっかり赤くなった顔で頷いた。それに、どうやら安藤の方にも話したいことがあるようだった。

二人はオフィスビルの地階にあるショットバーに入り、カウンターの隅の席に腰を下ろした。

「俺はアーリイ・タイムズの水割りでいいや。ダブルでな」

江口は注文を取りに来たバーテンに言った。

「おめえはなんにする？」

「えっ？　僕は水でいいです」

「水？　しけたこと言うなよ。ここは俺のおごりだから、ぱっと飲んでいいぜ」

「そうですか？　悪いですね。それじゃあミネラルウォーターを、えー、ダブルでお願いします」

注文する安藤の様子がいかにもうれしそうなので、江口は呆れて鼻を鳴らすしかなかった。

酒が来てからも、江口はうまく話のきっかけを見つけることが出来なかった。それは安藤にしても同じらしく、二人はしばらく黙って自分のグラスを傾けた。

グラスが空になるころになって、江口は唐突に口を開いた。

「〝教授〟はいったい何者だったんだ？」

「何者、ですか？」

「なんというか……例えばだな、さっきの若い女はどうだ。たかだか週に一度か二度、市民大学とやらで講義を聴いていただけのあの子が、なんで〝教授〟のために涙を流さなくっちゃならないんだ？　それとも、あれはあの子が特別なのか？」

質問を口にしながら、江口は妙な気がした。彼女が目の前で涙を流している間、江口も不思議と同じ気持ちだった。その後の無節操な馬鹿騒ぎは、そんな気持ちを抱いた自分への照れ隠しでもあった。

しかし、あんなジジイが死んだからといって、なんで俺が心を震わせなくちゃならないんだ?

「先生が何者であったのか、僕には分かりません」

安藤は牛乳ビンの底の目をしばたたかせて、口を開いた。

「ただ僕自身について言えば、村上先生は特別な存在でした。何しろ、僕が大学に残って研究しようと決心したのは村上先生の書かれた論文を読んでですからね。今やっている研究も先生の残された論文に沿ってやっているくらいです」

「ちょっと待てよ。すると何かい。〝教授〟が昔、大学の教授先生だったというあの話は、本当だったのか?」

「ええ。特定の分野でですが、僕が知る限り最も優秀な研究者だったと思います」

「だったら何で、躾の悪い猿みたいな俺たちを教えるはめになったんだ?」

江口はそう聞いた瞬間、あの夜の〝教授〟の言葉を思い出した。

「そうか、そう言えば〝若いころ学会に発表して一蹴された学説がどうたら〟と言っていたな。そのせいなのか?」

「いえ、村上先生が学会を追われたのは、何も異端の学説を発表したためではありません。あるスキャンダルのせいです」

安藤はずり落ちかけていたメガネをかけ直して江口を正面から見た。

「実はそのことで江口さんに聞きたいことがあるのです。……あの同窓会の後、江口さんが一人で先生の家に行かれたというのは、本当ですか」

「ああ、行ったよ。でも、おめえが何でそのことを知ってるんだ？」

安藤は江口の質問には答えず重ねて聞いた。

「一体そこでなにがあったんです？」

身を乗り出して迫ってくる安藤の迫力に江口は驚いた。〝押しの強いヤス〟という言葉は、ナンセンスなジョークとしてしか存在しないと思っていたのだ。

「まあ、まあ。落ち着けよ。ちゃんと話してやるからよ」

江口は両手を体の前で広げて安藤をなだめ、振り返ってバーテンダーを呼んだ。

「おい、こっちにミネラルウォーターのお代わりをもって来てやってくれ。……そう、トリプルで頼むぜ」

…………。

江口は、〝教授〟の家を訪れた際に聞かされた学説とやらを安藤に話して聞かせた。

とは言うものの、〝教授〟から聞かされた妙な学説を江口が完全に理解していたわけではないし、その上、途中から記憶が途切れているのだ。話している江口自身が呆れるほど要領を得ない話になった。

ところが、安藤はその話に眼を輝かせて食い入るように聞き入り、懸命にメモを取っているのだ。江口は気味が悪くなった。

安藤は、つまらないことまで詳細に聞きたがった。

「それで、先生が現れるまでコーヒーを飲んで待っていたわけですね？　先生が現れるまでどのくらい時間がありましたか？」

「島の老人たちへのインタビューをテープレコーダーで流していたんですね？　どんな形のレコーダーでしたか？」

安藤はさらに先を促した。

「それで、その後なにがあったんです？」

「それでって？　以上で俺が覚えている分の教授に聞いた話は終わりだ。期待しているところを悪いんだが、頭が悪い俺が覚えているのはこれで全部だ」

「いえ、僕が言っているのは先生のお話のことじゃあありません。江口さんが感じたり、見たりしたことを聞かせてもらいたいのです」

江口は太い眉を八の字に寄せて安藤の顔をながめた。なんでこいつがあのことを知っているんだ？

確かに江口は、話から自分が見た幻想を省いていた。重要なこととは思えなかったし、第一、信じてもらえるとは思わなかったからだ。

安藤の顔は真っ赤に上気している。まさかミネラルウォーターで酔っ払うはずもなく、江口には安藤が何をそんなに興奮しているのかがさっぱり分からなかった。

安藤の迫力にすっかり飲まれた江口は、求められるままに自分の見た幻想について話して聞かせてやった。

暗い夜の海を進み行く小舟。その舳先には「石」を頭上高くかかげた男が立ち、舟を導いている……。


安藤はその逐一を手帳に熱心にメモしている。

「いいかげんにしろよ。一体どういうことなんだ？」

江口はたまりかねて声を荒らげた。

「どういうつもりか知らねえが、てめえだけ納得してるんじゃねえよ。ちゃんと説明しやがれ」

ようやく我に返ったらしく安藤は何度も頭を下げた。

「すみません。つい夢中になってしまいました」

「詫びはいいよ。説明だ、説明」

「実は村上先生は、大学を離れられてからもご自分の研究を進められていたようなのです」

「それが？」

「今、江口さんが話してくれたのが、まさにその最後の研究成果ではないかと思います」

そう言われても江口には何のことだかさっぱり分からなかった。不機嫌な江口の様子に気づいた安藤はあわてて手にしていたブリーフケースを探った。

「えーっ、どこだったかな……これだ、これだ」

安藤はファイルを取り出し、江口に渡した。

「これを読んでもらうのが一番だと思います」

江口は渋々ファイルを広げた。

ファイルには、大学教授としての〝教授〟の経歴が収められていた。それによると、若き〝教授〟の代表論文は
『シャーマニズムに於ける薬物使用』

と題されたものだった。

「その論文では、世界各地の巫女《シャーマン》たちが、儀式の際に使う薬物の分類と効果が詳細に分析されています」

安藤が脇から解説を入れた。

「特に注目は、ミクロネシアのシャーマンが用いた、ある種の植物の根から精製される特殊な麻薬です。シャーマンはこれを使って、儀式の参加者に様々なイメージを幻視させるというのです。詳細な調査に基づき、視覚と等価な記号としての言語という仮説を説いたこの論文は、当時の学会でも高く評価されました」

よく分からなかったが、江口はとりあえず頷いてページをめくった。そこには当時の新聞の社会面と、週刊誌記事のコピーが貼り付けてあった。

江口は説明を求めて振り返った。安藤はただ首を振って、記事を読むように促した。

新聞の記事は〝教授〟の講座の学生が、原因不明の中毒症で入院したことを告げたものだった。同じ事件を伝える週刊誌には、センセーショナルなタイトル文字が踊っている。

「人体実験か!?　大学研究室の疑惑！」

記事は〝教授〞が講座の学生を使って薬物の人体実験を行っていた、という周囲の噂をまことしやかに伝えていた。よく読めば、記事の大半はまるで裏付けのない噂の羅列に過ぎず、疑惑と憶測とが大安売りされている。その意味では、間違いなく、下卑た好奇心をかき立てる〝見事な〞記事だ。

同じ学部の他の教授の談話も載っていた。客観的コメントを装う発言の端々に、若くて優秀な同業者に対するやっかみを読み取れなくもなかった。

「……結局、真相は分からずじまいでウヤムヤになったらしいです。しかしこの記事の後、間もなく村上先生は大学の籍を退かれています」

江口は広げたファイルに目を落としたまま身動きひとつしなかった。頭の中だけがくるくると目まぐるしく回転していた。

薬物の人体実験？　麻薬によってイメージを幻覚させるだと？

江口の記憶に一つの情景がよみがえった。

あの、くそ苦いコーヒー！

「先生が亡くなる直前にお見舞いに行った僕に、村上先生はこうおっしゃいました。『同窓会の後、江口君が私を訪れてくれてね。彼とは久しぶりに有意義な会見をもてたと思うよ』と。それ以上はなにを聞いても答えてくれませんでしたが、僕は確信しています。先生が続けていらした研究の成果こそが、その夜の出来事だったと……」

無口なはずの安藤は、人が変わったようにしゃべり続けていた。その言葉を遠く聞きながら、江口はひたすらグラスを重ねた。

7

二人がバーを出て別れたのは、十一時を少し回った頃だった。

江口は安藤と別れ、タクシーをつかまえた。安藤は、これから〃教授〃の家に戻って、あの夜に出されたコーヒーのことや、レコーダーのテープを調べるということだった。江口には安藤が狂っているとしか思えなかった。

アパートに帰りついた江口は、入り口で鍵を取り出すのに手間取った。自分でも、随分酔っているのが分かった。

やっと鍵を取り出した江口は、その時になって足元にぽつりと置かれている小包に気がついた。留守がちな江口に呆れて、配達人が置いていったらしい。

江口は小包を取り上げた。

送り主の欄に震えた文字で「村上」と、〃教授〃の名字が記されてあった。

江口はアパートに入り、キッチンの椅子に座って死者からの小包をていねいに開いた。

例の石が和紙にくるまれて入っていた。

箱から取り出すと「石」は丁度江口の手の平にすっぽり収まった。手の中の石は、ずっしりとして、つややかであった。

江口は部屋の全ての明かりを消して、テラスに出た。

ちょうど〝教授〟を訪れた時と同じようなあかるい月が中空高くかかっていた。

江口は手の中の石を見つめた。

……しかし、ここは明るすぎたし、賑やかにすぎた。隣接して立っているマンションの部屋のほとんどにはまだ明かりが灯っていた。それに近くの飲み屋街の照明は、おそらく一晩中灯っているはずだ。隣の部屋からは江口の知らない歌謡曲が流れている。その中では、月の光はあまりにはかなかった。

江口は諦めて首を振った。部屋に戻り、石をテレビの上に置いた。そして、氷を二つ、三つと、たっぷりウィスキーを注いだ大きなグラスを手に、ソファーに横になった。

明かりを消したままの暗い部屋の中で、江口はぼんやりと教授の人生を思った。

学者になるべく義務づけられた家に生まれ、一度は新進気鋭の学者として認められながらも、結局はその人生の大部分を、ろくに話も聞かない生意気な高校生を教えることになった〝教授〟。

おそらくは、それが為に家庭でも疎んじられることが多かったに違いない……。

江口の耳に、不意に〝教授〟の葬儀で流れていたピアノ曲がよみがえった。

そうだ、あの曲を以前聞いたことがある。

江口はかすかな記憶の糸をたどった。

あの時も確か、深まった秋の闇が辺りを覆っていた。

高校生の江口は、短くなった日が暮れるのを待って暗い音楽室に忍び込んでいた。音楽室にどんな用があったのか思い出せないし、どうせ思い出したくもないろくでもない理由だったに違いない。

真っ暗な音楽室に入った江口は、闇の中に低く流れている音楽を耳にした。不審に思って目をこらした江口は、誰もいないと思っていた暗がりの中に痩せた人影がいるのに気づいた。

それが〝教授〟だった。

〝教授〟は堅い椅子に腰を下ろし、小さくかけたレコードにじっと耳を澄ませていたのだ。その時、〝教授〟が聞いていたのが、あの「月光の曲」とかいうピアノ曲だった。

江口はそれから自分がどうしたのかは全く記憶にない。ただ、濃紺の夜の色の中で〝教授〟が低くかけたレコードにじっと耳を澄ませている、その情景とピアノ曲だけが記憶の片隅に引っ掛かっていた……。

江口はウィスキーを一口飲み、大きく息をついた。

記憶の中の〝教授〟には、安藤の語ったイメージはどうしても重ならなかった。

麻薬の一種による幻覚だって？　人体実験だって？

それどころか、江口は今これまでになく〝教授〟を身近に感じていた。

（一体、どっちが本当の〝教授〟だったのだろう？）

江口はしばらく頭を巡らせていたが、結局考えるのを諦めた。難しいことを考えるのは、どうせ自分には向いていない。それならば、自分の信じたいものを信じた方がいい。

そう決めるとすっきりした。ついでに結論を口に出してつぶやいてみた。

「けっ、ヤスの野郎め。何言ってやがるんだ。この石は本物に決まっているじゃねえか。〝教授〟が夢見た島へのたった一つの道しるべだ。もうちょっとで俺も一緒に連れて行ってもらえるんだったのに、惜しいことをしたぜ」

——これでいい。

江口は一人でニヤリと笑った。多分、これが自分に合った生き方なのだ。

江口は明かりを消した部屋で、一人ウィスキーを飲み続けた。

しんとした頭に、やがて酔いが呪いのようにゆっくりと回って来た。同時に暴力的なまでの眠気が襲ってきた。江口は小さく首を振って、その呪いに身を任せることにした。

体の向きを変えると、テレビの上に置いた石が目に入った。白い石は、闇の中でぼんやりと浮かんでいるように見える。

江口は、眠りへと落ちて行くにじんだ視界の中で、石がしだいに光を集め、鈍い光を放ちはじめるのをぼんやりと眺めていた。

一切は霞の向こうへと去り、すべては深い眠りの中に沈んだ。


夜の海だ。

浜辺で何人かの人々が出帆の準備をしている。よく見るとその中には江口自身の顔があった。

〝教授〟の顔もある。有美とかいう女の子に似た顔もあった。

忙しそうに働いていた人々はみな、いつの間にか動きをとめていた。後はもう江口が乗り込むのを待っているだけの様子だ。

江口は舟をつなぎ止めている舫綱《もやい》を手早くほどいた。力を込めて舟を海へと押し出し、動き出した舟に飛び乗った。

帆が風をはらみ、舟がゆっくりと岸を離れる。

――雲が切れた。

石が月の光を集め、やがて絹のような光の糸を紡ぎ始めた……。

Essay Selection

I

自作紹介
――――読んで下さい

ソクラテス？　ソクラテス！

取り憑《つ》かれているのかもしれない。

どうも昔から、古典・名作といわれる小説には裏に謎《なぞ》が潜んでいて、それぞれが真犯人を隠しているように思えてならなかった。

高校生の頃、夏休みにドストエフスキーの『罪と罰』を読んで（読まされて？）感想文を書いた。確か、こんな書き出しだった。

「老婆を殺したのは主人公ラスコリニコフではない。真犯人が仕掛けた驚愕のトリック。それは……」

本人は力作のつもりだったが、なぜか書き直しを命じられた。

村上春樹の『ノルウェイの森』が流行《はや》った時には「ねえ、犯人分かった？」と聞いて回って、周囲にだいぶん顰蹙《ひんしゅく》を買った。

大学時代、プラトン（もちろん、あのプラトン。古代ギリシアの哲学者です）の『ソクラテスの弁明』なるものを授業で無理やり読まされて、驚いた。

「分かりました！　事件の真相は……」

と授業中に発言しそうになって、慌てて口を押さえた記憶がある（周りを見回したが、真犯人の発見に興奮しているのは私一人だった）。

　それにしても、ソクラテスというのはなんと魅力的なキャラであろう！　一緒に授業を受けていた女の子などは「なによ、これ。ただの禿《は》げた屁《へ》理屈親父《おやじ》じゃない！」と憤慨していたし、それはまあその通りなのだが、いやいや侮るなかれ。常軌を逸した奇天烈《きてれつ》な格好といい、持って回ったあいまいな言い回しといい、容易に結論を口にしない性格の悪さといい、見事に名探偵の条件をすべて備えているではないか。おまけに友人にはクリトンなどという格好の〝ワトスン役〟までいるのだ。

「いつかこの謎を小説にしてやろう」

　とその時ひそかに思ったかどうかは定かではない。が、書いた。で、この度出版された。

『饗宴《シュンポシオン》　ソクラテス最後の事件』

　最後にソクラテスが、私に代わって、こう叫ぶ。

「分かったよクリトン、真犯人は……」

　――取り憑かれているのだろうか？


柳広司『饗宴　ソクラテス最後の事件』（原書房／創元推理文庫）

受賞の言葉

親譲りの無鉄砲で小供の頃から損ばかりしている。先日、ある人がおれのところへ来て「あのことを書け、書け」としきりに勧める。あんまりしつこいので、その時はおれもつい「うん、一つ書いてみるか」と返事をしてしまった。

返事はしたが、書き始めてみたらどうにも苦しくって仕方がない。考えて見れば当たり前だ、おれは文章がまずい上に字を知らないから、手紙一つ書くのさえ億劫だ。そのおれに長い話が書けるはずがない。えらいことになったなと思って、しばらくはそのまま放っておいた。するとまた人が来て、書け書けと今度も大分喧《やかま》しい。

結局うんうん唸りながら書いた。出来何ぞ知ったことじゃないと思っていたが、不思議なもので、こうして賞めてくれる人があった。何だか気味が悪い。ははは、と声に出して笑ったら目が覚めて全部夢だったということになるかもしれない。それならそれで構わない。但し今じゃ、書くことを勧めてくれた人に少しだけ感謝している。


柳広司『贋作「坊っちゃん」殺人事件』（朝日新聞社／集英社文庫／角川文庫）

ダーウィンとイグアナたち

「なんという奇妙な生き物だろう!」

彼はその島に着いてまずそう叫んだという。

〝彼〟——つまり、チャールズ・ダーウィンが、英国の軍艦ビーグル号に乗り、〝その島〟——つまり、南米大陸の西方一千キロ、赤道直下の洋上に浮かぶ、ガラパゴス諸島を訪れたのは、一八三五年九月のことであった。

当時ダーウィンは二十六歳。将来自分が『種の起源』を著し、世界に一大センセーションを巻き起こすことになろうとは、まだ知るよしもない。

とはいえ、青年ダーウィンはすでにしておそろしく好奇心の強い人物であった。彼はそれまでも、ビーグル号が途中で立ち寄った南米大陸において、新奇なものを手当たり次第船に持ち帰っては、周囲の者を呆れさせている。

そのダーウィンにとって、ガラパゴス諸島は、まさに宝の山に思えたことであろう。

のちに彼自身の功績によって〝進化論の島〟として知られることになるガラパゴスには、ここでしか見ることのできない、さまざまな動物たちが生息していた。例えばそれは、巨大な体軀と驚異的な寿命を誇るガラパゴス・ゾウガメであり、さまざまな嘴《くちばし》の形をしたガラパゴス・フィンチ、また矮小な羽しか持たないガラパゴス・コバネウ、といったものたちである。

なかでもダーウィンの興味を引きつけたのは、この島にすむ巨大な二種類のトカゲたち——リクイグアナとウミイグアナであった。

ダーウィンはまず、ウミイグアナを調べ、彼らの指の間に水搔《か》きがあること、また尾が両側から扁平し泳ぐ際に適した形であることを発見した。と、同時に、彼は妙なことにも気がついた。

「(水棲の習性があるにもかかわらず) この動物は、少しでも恐怖を感じると、けっして水に入ろうとはしない」

ダーウィンは自分の仮説を証明するために、ウミイグアナを捕まえては、何度となく海になげこんだ。その結果を、彼は満足げにこう書いている。「彼らはいつも私の立っている場所に真っすぐ戻って来た」。ダーウィンは結局「彼らが水に入らないのは、サメが怖いせいだろう」と結論した。

その一方で彼は、船の水兵たちが面白半分にウミイグアナを捕まえ、ロープに結び、重りをつけて海に沈めたのを知った時、血相を変えて水兵たちを叱りつけた。水兵たちがロープをひきあげてみると、幸いなことにイグアナはまだ生きていた。

「こいつはどのくらいの時間、水の中にいたんだい?」

ダーウィンは、神妙な顔でロープをほどいている水兵に尋ねた。

「さあ、かれこれ三十分ほどですかね」

「じゃあ、今度は一時間でやってみよう」

あわれイグアナ君はふたたび海中に投じられることになった。

ダーウィンの興味はもちろん、リクイグアナたちにも向けられた。

「彼らは穴を掘って、そこに棲む。この動物が穴を掘る方法は……片方の前足がわずかな間に土をつかみあげて、それを後足の方に投げ、後足はこれを穴の入り口に積み上げる。体の一方が疲れると、他の側が仕事を引き受けてつづけ、体の両側が交替にはたらく」

とダーウィンは書き、続けて、

「私は長い間、その様子を見ていた」

そう自慢げに記している。

ダーウィンは、一通りの観察を終えると、例のごとく行動に移った。彼は体が半分隠れるまで穴を掘ったイグアナにおもむろに歩み寄り、尻尾をつかんで、穴から引っぱり出したのだ。結果は――

「トカゲはこれにはひどく驚いたとみえて、何が起こったのかと振り返り、それから私の方をじっとみつめた。『どうしてお前さんは私の尾をひっぱるのかね?』といわんばかりに」

さっぱり分からない。

ダーウィンを乗せたビーグル号は、かくて一カ月近い滞在の後、ガラパゴス諸島をあとにした。

その時、あの島で起こった奇怪な連続殺人事件の顚末《てんまつ》、さらに事件の不可解な謎に挑んだ若きチャールズ・ダーウィンの活躍などについては、拙著新刊『はじまりの島』を読んでいただければ分かることだ。

ともあれ——

遠ざかる船影を見送りつつ、イグアナたちは、さぞや安堵の息を漏らしたことであろう。そして、もし彼らが言葉を喋ることができたなら、口をそろえてこう言ったに違いない。

「なんという奇妙な生き物だろう！」

チャールズ・ダーウィン事件

事件は、英国の軍艦ビーグル号がガラパゴス諸島を訪れた際に起こった。時にチャールズ・ダーウィン二十六歳、彼自身のちに自分が『種《しゅ》の起源』を書き、世界を変えることになろうとは知るよしもない――。

とこう書きはじめると、たちまちどこからか声が飛んできたようです。「なんだ。のちの大学者ならいざしらず、『種の起源』をまだ書いてもいないダーウィンじゃ仕方がない。たんなる若造じゃないか」

なるほど、おっしゃるとおり、リンゴの落ちるのに気づかないニュートン、ピラミッドのないエジプトと同じく、『種の起源』を書かないダーウィンなど考えられない。

と思うでしょう？　ご安心ください。

なにしろチャールズ・ダーウィンは、彼自身がすでにして「事件」なのです。

まずその好奇心が尋常ではありません。

例えばある日のこと、庭の木の古い樹皮をむいていて二匹の珍しい甲虫をみつけた彼は早速それを捕まえ、両手にもった。ところがそこへ三匹めの新しい奴が現れた。ダーウィンはためらうことなく右手にもっていた一匹を口の中にほうりこみ……。

子供の頃の話ではありません。当時彼はすでに結婚し、二人の息子さえいたのです。そもそも彼がなぜ庭の木の皮をむいていたのか、その理由からして不明ですが、ダーウィンはその後の顚《てん》末《まつ》を、いかにも残念そうにこう書いています。

「そいつは私の口の中に入ると、突然舌を刺すようなひどく苦い液を出した。私は反射的に甲虫を吐き出した。そいつは逃げ、三番目のも逃げてしまった」(『自伝』)

別の日、彼は家の中で下手くそなファゴットを大きな音で吹きはじめました。家の者が驚いて飛んでくると、彼は平然としてわけをこう話したそうです。

「私はオジギソウが音楽によって葉を閉じるかどうかを知りたかったのだ」

一緒に住むには、いささかやっかいな人物だったようです。

彼の興味の対象が、また変わっています。

ダーウィンの名を不朽のものとした『種の起源』において、小鳥のクチバシが取り上げられているのは有名ですが、その他にも彼は蔓脚《まんきゃく》類(フジツボのことです)についての詳細な研究を残し、人間と動物の表情の違いに没頭し、さらに最晩年、死の前年の著作『ミミズの作用による栽培土壌の形成』においては、なんとミミズの糞を三十年にわたって集め続けた研究成果が発表されているのです。ミミズの糞を三十年! こうなるともう、とうてい常人のおよぶところではありません。

ところが、そのダーウィンにして「ビーグル号の航海は、私の一生のとりわけ最重要の事件であって、私の全生涯を決定した」（『自伝』）と言っているのです。「これはただごとではない」と直感した私は、いまいちど『ビーグル号航海記』を読み直してみました。すると、はたせるかな、そこに書かれざるもう一つの物語が浮かび上がってきたではありませんか。

それこそが、ガラパゴスで起きた奇怪な連続殺人事件であり、またその謎に果敢に挑んだ若き日のチャールズ・ダーウィンの活躍でした。この発見に私は興奮しました。なにしろ物語が無類に面白い。だけではなく、そこでは『種の起源』がなぜ書かれなければならなかったのか、その謎までが解き明かされていたのです。驚くべきことに、ダーウィンはあの島において――

残念ながら、紙面が尽きてしまいました。もう少し、ほんの百五十倍ばかりの枚数があれば、ここにすべてを書き記すことができるのですが……。

詳しいことは、拙著新刊『はじまりの島』に書いておきました。北見隆さんのすばらしい装丁をいただき、美しい本に仕上がりましたので、是非お楽しみください。

チャールズ・ダーウィン『ビーグル号航海記』（岩波文庫）
柳広司『はじまりの島』（朝日新聞社／創元推理文庫）

親愛なる小泉八雲氏に

小泉八雲の「怪談」は不思議な物語である。
とはしばしば言われることで、何しろ本の副題に「不思議なことの物語と研究」とあるくらいだから、不思議なのは当たり前と言えば当たり前なのですが、この本の不思議は実はそれだけにとどまりません。

「怪談」の著者、小泉八雲ことラフカディオ・ハーン（Lafcadio Hearn）氏は一八五〇年、ギリシアのレフカダ島生まれ。イギリス人を父に、ギリシア人を母にもった少年は、若くして故郷を飛び出し、世界各地を放浪。欧州、アメリカ、さらには南洋の島々を経て、一八九〇年、まだ明治開国間もない日本にやって来ました。彼は来日後も、松江、熊本、神戸、東京など日本国内各地を転々とし、中学、高校、大学で英語及び英文学を教える傍ら物語を執筆。一九〇四年に日本の説話伝説に取材した「怪談」を著して日本の文化を西洋に紹介した……と一般には言われています。

が、これは正確ではありません。

どこが違うのか？

小泉八雲氏が実際に書いたのは「怪談」ではなく「Ｋｗａｉｄａｎ」。タイトルからもわかるとおり、彼は元々英語でこの本を書いたのです。

小泉八雲は日本で結婚したセツさんに夜ごと日本に伝わる古い物語を日本語で読んでもらい、耳で聞いたそれらの物語を頭の中で咀嚼した上で英語で「Ｋｗａｉｄａｎ」を書いた。つまり、こんにち日本で広く流布している「怪談」は、ラフカディオ・ハーン氏が日本語で聞いた物語を英語で著し、それを誰か別の人が改めて日本語に翻訳したものを私たち日本人が日本語で読んでいる、ということになります。

何ともややこしい。

ところで、ここまで来れば賢明なる読者にはもうおわかりでしょう、私こと柳広司はややこしい話が大好きなのです。

どのくらい好きかというと、小泉八雲「怪談」に触発された短編を自分で書き、それらを「怪談」という同名の作品集にまとめようと志すほどです（ああ、ややこしい！）。

納得いただけたでしょうか？

収録作品は「雪おんな」「ろくろ首」「むじな」「食人鬼《じきにんき》」「鏡と鐘」「耳なし芳一」の計六編。

誰もが一度は、どこかで耳にしたタイトルだと思います。

タイトルパクリじゃん、と言われれば、そのとおり。何も開き直っているわけではありません。プロの小説家としては、同じタイトル、同じ「怪談」の枠内で、どんな物語を読者に提供できるのか、それこそが腕の見せ所というわけです。

というわけで、二〇一一年一二月に柳広司版「怪談」が光文社より発売されることになりました。「怪談」は夏のものだ、という思い込みはひとまず捨ててください。聞くところによれば、小泉八雲氏の座右の銘は「何物にもとらわれない心」だったそうですから（本当かしらん？）。

小泉八雲は一九〇四年九月二十六日、東京の自宅で亡くなりました。

その日の朝、彼は家族に見た夢の話をしています。

「たいそう遠い、遠い旅をしました。西洋でもない、日本でもない、珍しいところでした」

彼が見た夢を、旅を、いつか私も辿ることを望んでやみません。

親愛なる小泉八雲氏に。

小泉八雲『怪談』（岩波文庫）
柳広司『怪談』（光文社／講談社文庫）

Essay Selection

Ⅱ

おすすめ

——映画や音楽、もちろん小説も

アマデウス

——私がモーツアルトを殺した。

のっけからこの台詞《せりふ》である。ミステリー好きの高校生を捉えるには充分すぎた。

この映画をはじめて観たのは、高校時代を過ごした地方都市の小さな映画館でだった。

こと映画に関するかぎり、地方で高校生をやるということには、相反する二つの側面がある。

まず〝全国一斉公開〟のはずのロードショーがなかなか回ってこない（映画会社の〝全国〟には地方は含まれないらしい）。その代わり、というのも変だが、数ヵ月、時には一年以上遅れながら、二、三本まとめて上映された。一本分の学割料金、しかも入れ替えなし。金の無い高校生にこれほどありがたい話はない。『アマデウス』も、たしか同時上映『フラッシュダンス』という物凄い組み合わせで観たはずである（〝洋画〟で〝音楽〟ならなんでもいいのか？）。

ヴォルフガング・アマデウス・モーツアルトの生涯を扱ったこの作品は、今では、音楽映画の名作として知られている。全編に流れる音楽は場末の映画館の粗末な音響設備を介してさえ、時として胸をふるわせるほどに美しく、また作品中でトム・ハルス演じるモーツアルトが披露する〝背面弾き〟が試みられたのは、なにも私が通っていた高校の音楽室だけではあるまい。

だが、私にとってこの作品の思い出は、単なる音楽映画のそれにとどまらない。

どうやら私が後年ミステリーを書き始めるにあたって、この映画を相当意識したふしがあるのだ。

殺人事件はまず、冒頭の告白によって倒叙形式で語り始められる。被害者は高名な音楽家モーツアルト。第一容疑者は告白者サリエリ。しかし物語が進むにつれ、疑惑が生じる。本当にサリエリは彼を殺したのか？　容疑者は他にもいる。モーツアルトの妻コンスタンツェ、あるいは父レオポルトはどうだろう？

殺人者の動機は憎しみか、嫉妬か、それとも愛なのか？

劇中の小道具にも事欠かない。演じられていたはずの劇中劇の虚実がいつのまにか裏返り、小言を言う下宿のおかみの背後から荘厳な〝夜の女王〟のアリアが鳴り響く。天上の音楽と地上の黄金が交換され、黒い仮面の男が自らの鎮魂歌《レクイエム》を依頼する。殺意が愛に、愛が殺意へと姿を変える……。

やがて明かされる巧妙な殺人計画。だが、事態は犯人の目論みを超えて意外な展開をみせる。そして、最後に殺人者に訪れる、あの思いもかけぬ皮肉な罰！

これぞまさしくミステリーの極意ではあるまいか？

かくて私は、この映画を超えることを目指して、ミステリーを書き始めた。

それにしても、あの映画館はいったいどういう客層を想定していたのだろう？　その謎だけは、いまだに解けずにいる。

監督ミロス・フォアマン、出演F・マーリー・エイブラハム、トム・ハルス他
『アマデウス』（85年ワーナー・ホームビデオ）

グールドの歌声

寝苦しい夏の夜は、なんといってもこれでしょう。

映画「ハンニバル」でアンソニー・ホプキンス演ずるレクター博士が真似をして弾いていた、名盤中の名盤です。

かすかな、ゆっくりとしたテンポで始まるピアノ演奏。冴え冴えとしたその音に耳を澄ましていると、やがてグールドが歌い始める……。

念のため断っておきますが、〝弾き語りアルバム〟ではありません。音楽プロデューサーが「それだけは止めてくれ」と泣いて懇願したにもかかわらず、グールドはどうしても演奏中「歌う」ことを止められなかった。いくら本人が注意をしていても、演奏が佳境に入るとたちまち忘我の境地となり、我知らず歌い出してしまうというのです。

自ら演奏するピアノに合わせて歌うグールドは、いかにも楽しげです。もっとも、この〝楽しげ〟というのは本人がそう思っているだけで、聴く方ははっきり言って怖いです。

何かが彼に取り憑いている。

完全に〈向こう側〉にイッちゃっています。

これを聴けば、たちどころに背筋が寒くなり、夏の夜の寝苦しさなどどこかに吹っ飛んでしまうこと請け合いです。

その際、ジャケット写真をじっくりと眺めるのもお勧めです。黒衣をまとい、末端肥大症ともいわれた巨大な手を体の前にぶらりと垂らした二十世紀の奇才グレン・グールド晩年の姿。家人などはまず、このジャケットを見せるだけで嫌がります。

さらに演奏が始まると、家人はたいていすぐに嫌な顔をして席を立ち、家の猫たちまでいつの間にかどこかにいなくなってしまいます。

グールドの変人ぶりは有名で、あるコンサートでは椅子の高さが気に入らず、観客を待たせたまま椅子の調整に二時間かけたという逸話が残っています。

——羨《うらや》ましい。

二時間待ってみたかった。

ため息をつきながらCDを聴き、原稿を書いていると、ちょうど妻が通りかかったので「このCD、そんなに怖いかな?」と尋ねたところ、即座に、

「あんたが怖いのよ!」という返事が返ってきました。なんでも「ほら、ここ……ここで歌う」などといちいち指摘しながら、にやにやと薄ら笑いを浮かべているのだそうです。

そんな素敵な一枚を、夏の夜に。

よく耳を澄ませてください。入っているはずのない女の声が、ほら……。

グレン・グールド『バッハ:ゴルトベルク変奏曲』(ソニー・ミュージックレコーズ)

ビッグ・フィッシュ

有名なジョークを一つ――。

川の辺りで釣りをしていると、男が一人やってきてこう質問する。

「何か釣れたかい？」

釣り人は自慢げに答える。

「今日はまだだが、昨日釣った奴はお前さんにも見せてやりたかったな。このくらいはあった。あんなデカい魚を釣ったのは、この俺もはじめてだよ」

「へえ、そりゃ大したものだ」

男は感心したように言うと、

「ところで、この川での釣りが禁止されているのを知っているかい？　私は取り締まり役人だ。さあ、罰金を払ってもらおうか」

釣り人は魚の大きさを両手で示したまま、平気な顔でこう答える。

「あんた、釣りをする人間はみんなほら吹きだってことを知らないのかい？」

……どうも、釣りとほら話は相性が良いようです。

本作『ビッグ・フィッシュ』は（題名から想像されるような）釣りの話ではなく、ほら話ばかりしている父親と、その息子の物語です。

父親を嫌って家を出た息子の元に、ある日母親から一本の電話がかかってきます。父親が病気で死にかけている、というのです。

家に戻った息子は、相変わらずの父親のほら話にうんざりしながらも、ふと疑問を抱き、子供の頃から何度も聞かされた父のほら話の真相を追い始めます。

すると、これまで馬鹿げたほら話だとばかり思っていた父親の物語の裏には、実は思いもかけぬ真実が隠されていたことが、次々に判明してきます。

予期せぬ父親の過去の姿に呆然とする息子。

やがて、死を目前にした父親は、息子にある意外な頼み事をします。その依頼とは——。

一体誰が、あのあっと驚く結末を予想できるでしょうか？

というわけで、本作『ビッグ・フィッシュ』はミステリー・ファンにも胸を張ってお薦めできる逸品です。

監督はティム・バートン。『シザーハンズ』や『スリーピー・ホロウ』、『チャーリーとチョコレート工場』、最近では『スウィーニー・トッド』で有名な、あ、の監督です。

本作品中でも、未来を予言する魔女や、羊を丸ごと食らう巨人、シャム双生児の美女、人を襲う森とその奥にある〈幻〉という名の不思議な村、さらには狼男までが出てきて、さすがティム・バートン監督らしく、おどろおどろしい道具立てとブラックな笑いに事欠きません。

彼の作品は、時々マニアックに走り過ぎて、ついていけないこともあるのですが、本作品では（良い意味で）ティム・バートン色が抑えられ、例えば先に挙げたオカルト的な要素も――いったいこれをどうまとめるのだろう？　と途中冷や冷やしたものですが――最後には見事に現実の物語の中に収められていきます。

さらには、監督本人が「めったに使わない」と豪語する黄色が本作品では多用され、ある一場面、画面を埋め尽くす鮮やかな黄色が強い印象を残します。

息子は父親にこう迫ります。

「本当の話を聞かせてほしい」

「話なら充分してきたさ」

「何千という面白い作り話をね。真実は一つもないんだ」

けれど、この映画を見終わって思うことは、人がこのハードな世界に立ち向かうためには、物語の力をもって対抗するしかないのではないか？　そのためにこそ、面白い物語は（つまり、ほら話は）これからも語り続けられていくに違いない、という希望に満ちた確信なのです。

そしてもう一つ、つくづく思うこと。それは、

――ミステリーは、ほら話に似ている。

監督ティム・バートン／出演ユアン・マクレガー他『ビッグ・フィッシュ』
（03年　ソニー・ピクチャーズエンタテインメント）

ごまかしはきかない。

子供の頃、はじめて夢中になって読んだ本が『シートン動物記』シリーズだった。

小学校の図書室の棚に並んでいた『シートン動物記』を順番に借り出し、最終巻まで読み終えると、もう一度一巻に戻って、何度も繰り返して読んだ記憶がある。

ところで、以下はここだけの話だが、実は物書きになった後、一体どうやったら自分の作品が多くの読者の手に取ってもらえるのか――というか、どうやったら自分の本が売れるのかがさっぱり分からず、かつて自分が夢中になって読んだ本をこっそり（でなくても良いのだろうが）引っ張り出して、その秘密を探ろうとした事がある。

読み返して、驚いた。

〝子供向け〟の物語では全然ない。

『シートン動物記』の作者アーネスト・T・シートン（一八六〇―一九四六）は、読者が子供だからといって一切手加減せず、本気で書いている。自分が向き合っている世界を全身で引き受け、全力で格闘し、そしてそのことを読者（＝子供たち）にきちんと伝えようとしているのが、どの作品からもはっきりと伝わってくるのだ。

例えば「狼王ロボ」。

カランポーの平原に君臨し、一党を率いて牧場を荒らし回る巨大な灰色狼の物語だ。ロボを捕らえるべく雇われたシートンは、巧妙な罠を仕掛け、毒餌を撒くが、ロボはまるで人間たちの知恵をあざ笑うかのように罠を破壊し、毒餌には小便をかけて立ち去ってゆく。だが、シートンは最後に、偉大なロボの唯一の弱点――連れ合いの雌狼ブランカへの愛を利用して、ロボを捕らえてしまう……。

子供の頃、私はこの物語を読みながら、ロボに憧れ、ロボを応援し、ロボを捕らえようとするシートンを憎みさえした。ロボは、その後も長く私のヒーローであり続けた。

『シートン動物記』は、読者が自分自身の立場を抜け出て、動物たちの立場で世界を見る機会を与えてくれる。彼が描き出す動物たちの営みは、いずれも美しく、崇高であり、そして時に残酷だ（どこぞの政治家や経済人がしたり顔で説く〝弱肉強食〟や〝適者生存〟といった言葉がいかに卑俗な誤用であるか、この本を読めばはっきりと分かるはずだ）。

小説家に出来ることは、自分の目に見えている世界を自分が見えているように全力で描くことだけだ。ごまかしはきかない。『シートン動物記』は、そのことを教えてくれる。

アーネスト・T・シートン『シートン動物記』（集英社他）
柳広司『シートン（探偵）動物記』（光文社／光文社文庫／文春文庫）

不思議な書店、あるいは書店の不思議

絵に描いたような不思議な出来事が、しかし現実に我が身に降りかかることがある。

学生の頃の話だ。

学費を稼ぐためだったか、飲み屋に溜まったツケを払うためだったか、それとも面倒な人間関係から逃れるためだったか、理由はもう忘れたが、しばらくの間、所謂《いわゆる》飯場に泊まり込んで肉体労働をしていたことがある。朝から晩まで、現場監督に命じられるまま、ツルハシで穴を掘り、一輪車で土を運び、あるいはセメントを練る……。いまでもそうだが、当時の私は心に鬱屈を抱えたひどく人付き合いの悪い人間で、周囲の者達とはほとんど口もきかず、一日中、一人きりで作業をしていた覚えがある。

下宿に戻ってきたのは、確か二週間後の夕方だった。近くの銭湯で汗を流し、定食屋で飯を食い、溜まった洗濯物を洗い、布団を敷き、電気を消して横になったが、なぜか眠れなかった。体は疲れているはずなのに、胸の中にぽっかりと暗い大きな穴が開いている感じがして、少しも眠くならないのだ。

私は布団の上に起き上がり、しばらく首を捻《ひね》っていたが、やがて自分の中に存在する奇妙な欠落感の正体に思い当たった。

二週間、一冊の本も読んでいなかった。そんなことは、物心ついて以来、初めてのことだったのだ。

部屋を見回したが、置いてある本はすべてすでに読んだものばかりだ。私が感じている欠落感は〝まだ読んだことのない新しい物語〟によってしか埋められないことは明らかだった。

私は自転車に乗り、深夜の町に、まだ開いている書店を探しに出掛けた。

二十年前。コンビニはあったが、インターネットもマンガ喫茶もない時代の話である。

夜の十一時を過ぎて開いている書店はなかなか見つからなかった（たまに「本」と書かれたネオンを見つけて入ってみると、その手の書籍しか置いていなかった）。

自転車であちこち走り回り、気がつくとすでに日付が変わろうとしていた。

諦めて帰ろうと思いかけたその時、明かりの消えた暗い商店街の一角に書店の看板を見つけた。表に週刊誌を並べた、間口一間《いっけん》ばかりの、昔から個人でやっている、ごくごく小さな書店だ。明かりが見えたので、店の前に自転車を止め、中を覗くと、無愛想なオヤジが一人で店番をしていた。

私が入っていっても目を上げようともしない。店の中に他に客の姿は見えなかった。

本棚の前で少し迷った揚げ句、私は一冊の文庫本を買い求めた。

オノレ・ド・バルザック『ゴリオ爺さん』。

私は下宿に帰り、明け方近くまでかかってその本を読み終え、すっかり満足して眠りについた。そして――。

もうおわかりだと思うが、私は二度と再び、あの無愛想なオヤジと会うことはなかったのだ。いや、何も書店自体が消えうせたわけではない。私はその後、何度かその商店街で買い物をし、その度に必ず書店にも立ち寄ったのだが（書店を見つけながら、中に入らずに通り過ぎることは困難だ）、店番をしているのは大抵アルバイトらしき若い女の子（しばしば顔触れが変わった）で、あの無愛想なオヤジを店で見かけることは一度もなく、それどころか、しばらくして深夜にその書店の前を通りかかったところ、閉じたシャッターには書店の名前と定休日、その下にこんなことが書かれていたのである。

《朝十時から夜八時》

あの日、あの無愛想なオヤジはなぜ深夜十二時に店を開け、しかも私が差し出した文庫本を何事もないかのように売ってくれたのだろうか？

あれから何度引っ越しをしたかわからない。その度に多くの本を処分せざるをえなかったが、あの時の『ゴリオ爺さん』はいまでも手元に置いている。


オノレ・ド・バルザック『ゴリオ爺さん』（岩波文庫、新潮文庫）

スパイ小説

世界最初のスパイ小説は「旧約聖書」である。

スパイ関連資料を読んでいた時、あちこちでそんな記述に出くわした。

〝モーゼが神に約束されたカナンの地を攻略する際、イスラエルの十二部族から一名ずつ選び出し、彼らにカナンを偵察させた。彼ら十二名が世界最初のスパイであり、モーゼこそが人類最初のスパイ・マスターである〟。

なるほど、さすが西洋文明の礎《いしずえ》「旧約聖書」。たいしたものだ。

私はすっかり感心し、だが、さらに調べを進めていくうちに、ある奇妙な事実に気がついた。

「世界最初のスパイ小説」イコール「旧約聖書」説は、どうやら一冊の本の中で取り上げられ、それを機に急速に広まったものらしい。

本の著者はアレン・ダレス。

言うまでもなく、元アメリカＣＩＡ長官として最も有名な人物である。

何かおかしくはないだろうか？

もしかするとダレスは、旧約聖書を世界最初のスパイ小説に、さらには預言者モーゼを人類最初のスパイ・マスターに仕立て上げることで情報操作を行ったのではないか？　目的は、そう、世界におけるアメリカの覇権の確立――。

その時だ、背後に人の気配がして、私はハッと振り返った。

暗闇に立つ黒いスーツ姿の男。いつの間にこの仕事場に入り込んだのか？

男は目を細め、口元を歪めるようにニヤリと笑って言った……。


と、まあ、こんな感じが私が考えるスパイ小説の醍醐味ですね。

すみません、全部作り話です。

手元の辞書によれば、スパイ（ＳＰＹ）の元々の意味は「よく見ること」だったらしく、となれば、およそ人間活動、のみならず神々の物語においても、スパイが活躍する場面は必ず出てきます。実際、旧約聖書だけでなく、中国の「史記」、インドの「マハーバーラタ」、あるいは日本の「古事記」においても、スパイは物語に欠かせない存在です。

スパイは戦争時にのみ活躍するわけではありません。実際は逆。戦争が始まってしまえば、スパイの出る幕はありません。野蛮で物理的な暴力のぶつかり合いを前にしては、スパイたちは肩をすくめるだけでしょう。

スパイ小説の面白さは何といってもスマートな情報戦。

身分を偽り、敵地に侵入して、情報を収集する。偽情報で相手を混乱させる。敵味方を確認する合言葉。謎の暗号文を作成し、特殊な手段で通信する。

彼らが繰り広げる繊細微妙な心理的駆け引きは、あたかも洒落た恋愛小説に似ています。そんなスパイたちが活躍する小説ばかり、一時期夢中になって読み耽っていました。ル・カレ、イアン・フレミング、F・フォーサイス、グレアム・グリーン、フリーマントル……。思い浮かべるだけで目が眩むような偉大な先達の作品群です（そう言えば、オンダーチェの『イギリス人の患者』でもスパイが重要な役割を果たしていました）。

その時はまさか、自分がスパイ小説を書くことになるとは思ってもおらず――というか、どんな小説も自分で書くとは思っていなかったわけですが、実は最近、

「柳さんの『ジョーカー・ゲーム』シリーズって、スパイ小説なんですか？」

と面と向かって尋ねられて、答えに窮しました。

はたして柳広司の『ジョーカー・ゲーム』シリーズはスパイ小説なのか？

世界初のスパイ小説「旧約聖書」謀略説同様、判断は読者に委ねたいと思います。

ヒントは「よく見ること」。

ちなみに、冒頭の作り話はこんなふうに続きます。

――アイ・スパイ・ユー（見つけた）。

ル・カレ『ティンカー、テイラー、ソルジャー、スパイ』（ハヤカワ文庫）／イアン・フレミング『カジノ・ロワイアル』（創元推理文庫）／フレデリック・フォーサイス『ジャッカルの日』（角川文庫）／グレアム・グリーン『ヒューマン・ファクター』（ハヤカワ文庫）／フリーマントル『消されかけた男』（新潮文庫）／マイケル・オンダーチェ『イギリス人の患者』（新潮文庫）／柳広司『パラダイス・ロスト』（角川書店／角川文庫）

名人伝

壁に掛けて飽かず眺め楽しむ美もあれば、手に取り、重さを楽しみ、さらには唇をつけてその肌触りを喜ぶ美もある。

この作品の美は後者だ。語調の良さは無類。これまで何度手に取り、眺め、音読暗誦して、その美を味わったか数え切れない。私は無粋にして茶道を嗜まないが、古来茶人が珍重する曜変天《ようへんてん》目茶碗《もくぢゃわん》なるものは、きっとこんな感じであろうと想像する。

良く知られているように中島敦は「山月記」が『文學界』に掲載された事で作家デビューを果たした。デビュー前の焦燥、憧憬、野望が滲む「山月記」に対し、「名人伝」には読者を得た作家の自信、余裕が感じられ、あたかも様式美を極めたギリシア彫刻を思わせる。

別の作品で〈ひまさへあれば、白い石の上に淡飴色《うすあめいろ》の蜂蜜を垂らして、ひるがほの花を画《か》いてゐた〉美少年が〈油断をしてゐるひまに、ひよいと水に溶けて了《しま》つた〉と書いた中島敦は、自身三十三歳の若さで亡くなった。

彼が残した数多くはない作品たちもまた、空にかかる虹のように儚《はかな》く、美しい。

中島敦『李陵・山月記　弟子・名人伝』(角川文庫)

「空き家の冒険」、あるいは〈オペレーション・ラザロ〉

ホームズ作品の中からベストを一つ選べ。

という依頼を受けて、はたと困惑した。四つの長編と五十六の短編はすべて〝シャーロック・ホームズ〟その人についての物語であり、全体で一個のまとまりをもった作品だと思っていたからだ。

依頼は、例えば子供のころからの古い友人を指して「何歳のときの彼（もしくは彼女）が最も良き友であったか？」と訊《き》かれるようなもので、正直言って返答に困る。人格において部分と全体は分かちがたく結びついている。どうかと思う様々な変装も、突っ込みどころ満載の推理も、後で絶対にドクター・ワトスンが尻拭いをしたに違いない解決方法も、さらには明らかな事実誤認でさえ、すべてをひっくるめて〝シャーロック・ホームズ〟であり、だからこそ世界中の読者は彼を愛してきたのだ。

とは言え、どんな依頼にも応えてみせるのが職業作家だ。今回、敢《あ》えて一つ作品を挙げるとすれば、ホームズ譚《たん》において最大の分岐点となった「空き家の冒険」だろうか。

ご存じのとおり、著者コナン・ドイルは前作の「最後の事件」をもってホームズ・シリーズを終わらせるつもりだった。〝名探偵〟シャーロック・ホームズは〝悪の権化《ごんげ》（？）〟ジェイムズ・モリアーティ教授との死闘（！）の末、諸共《もろとも》ライヘンバッハの滝に転落。あえなく死を遂げた――はずだった。が、作品が発表された途端、多くの読者から囂然《ごうぜん》たる非難の声がわき上がった。ホームズを殺すな。人でなし。

結局ドイルは読者の声に押し切られるように、ホームズ・シリーズの再開を決意する。しかし、ホームズは死んだ――と一度は書いてしまったのだ。

著者ドイルは、かくて〝死者の復活〟というシリーズ最大のトリックに挑まざるを得なくなった。その昔、キリストがラザロに呼びかけ、死から甦らせたように、だ。

「空き家の冒険」でホームズは復活する。トリックの正当性については、読者の判断にお任せするしかあるまい。

ホームズは死から甦ったことで、ミステリー界のキリストとなった。四つの長編と五十六の短編が、ホームズ・ファン（シャーロキアン）の間で〝聖典〟と呼ばれる所以《ゆえん》である。

だが、実を言えば、この作品への個人的な思い入れはそれと少し違ったところにある。

「空き家の冒険」を読み返すたびに、つくづくと思う。

どんな依頼にも応えてみせるのが職業作家なのだと。

読者の声は死よりも強い。

コナン・ドイル『シャーロック・ホームズの帰還』（新潮文庫／創元推理文庫）

読者としての理想、小説家としての夢

何度読み返しても面白い小説がある。

例えば『坊っちゃん』——言わずと知れた〝文豪〟夏目漱石の傑作だ。

高校生の頃、読書好きの友人たちを前に「『坊っちゃん』は、ハメット、チャンドラー以前に書かれたハードボイルド小説だ」と力説して、失笑を買った覚えがある。誰も賛同してくれないが、今でもそう信じている。右向け右と言われたらあえて左を向く反骨、権力に屈しない男たちの矜持、皮肉なユーモア、そして一点の感傷。まさに理想のハードボイルド小説だと思う。

子供の頃から、そしてプロの小説家になってからも、何度読み返したかわからない。この文章を書くにあたって久しぶりにページを開いたが、やっぱり面白い。うっかり時間を忘れて読み耽《ふけ》り、本棚の前でゲラゲラ笑っているところを家人に見つかって呆れられた（ちなみに〝傑作〟は〝ケッサク〟と読み替えることも可能だ）。

「何度も本を読み返すってどういうことですか？」という質問をしばしば受ける。「もしかして内容を覚えていないんですか？」と本気の心配顔で訊《き》かれたこともある。

念のため言っておくと、これでも一応プロの小説家の端くれなので一度読んだ本は忘れない。

筋だけならタイトルを見れば、ほぼそらで語ることができる。だから違う。読み返すのはストーリーを楽しむためだけではない。

音楽に譬《たと》えれば判ってもらえるのではないだろうか？　ポップスでもジャズでもクラシックでも、好きな曲は何度でも聴くはずだ。

遍《あまね》く人口に膾炙《かいしゃ》した「親譲りの無鉄砲で小供の時から損ばかりしている」の有名な冒頭から、適当にページを開けば「ハイカラ野郎のペテン師のイカサマ師の猫被りの香具師《やし》のモモンガーの岡っ引きのわんわん鳴けば犬も同然な奴」と見事な啖呵が目に飛び込んでくる（どうも私は昔からこの手の台詞に魅《ひ》かれる傾向があるらしく、若いころ関西の路上で「耳から手ェ突っ込んで奥歯ガタガタいわしたろか！」と面と向かって言われた時は、思わず相手に握手を求めそうになった。思い返せば、かなり緊迫した場面だったのだが）。

どのページを開いてもワクワクする。ニヤリとさせられる。知っているからこそ面白い。小説にそんな楽しみ方があることを教えてくれた、たぶん最初の作品だ。

読者として、また書き手として、何度読んでも面白い小説に出会えることを、今もひそかに夢見ている。

夏目漱石『坊っちゃん』（新潮文庫／角川文庫／集英社文庫）

Essay Selection

III

あとがき

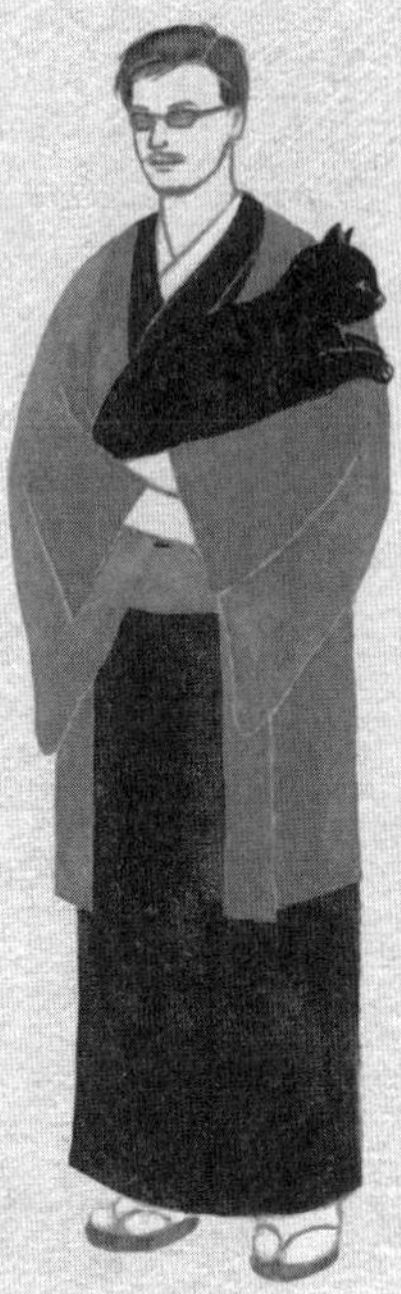

——先に読んでも面白い？

虎になった男の話（『虎と月』あとがき）

――とっつきにくい相手だなあ。

と思うことがあります。

たとえば、相手が怖そうな顔をしていたり、無愛想だったり、そうでなくても〝何となく気が合わなさそう〟だったり。けれど、付き合ってみると、意外に気が合うことがわかって、その後一生の友達になった……。

そんな経験をしたことはないでしょうか？

私にとって、中島敦《なかじまあつし》の『山月記《さんげつき》』がまさにそうでした。

最初に出会ったのは高校生の頃。初対面の印象は最悪でした。何しろ、書き出しからしてこんな具合です。


隴西《ろうせい》の李徴《りちょう》は博学才穎《はくがくさいえい》、天宝《てんぽう》の末年《まつねん》、若くして名を虎榜《こぼう》に連ね、ついで江南尉《こうなんい》に補《ほ》せられたが、性《せい》、狷介《けんかい》、自ら恃《たの》む所頗《ところすこぶ》る厚く、賤吏《せんり》に甘《あま》んずるを潔《いさぎよ》しとしなかった。

漢字ばっかり。

――とっつきにくい相手だなあ。

と思って眉をひそめたとしても、不思議ではないでしょう。

ところが、一読してすぐに、おやっと思いました。

漢字ばかりなのに少しも難しくない――それどころか、めっぽう面白いのです。

「(本を読み過ぎて)虎になった男の話」

と言えば、ほら、なんだか面白そうな話でしょう?

『山月記』は、文庫本なら十ページに満たない短い作品です(それも、せっかちな私と〝妙に気があった〟原因かもしれません)。何度も何度も読みかえし、時にはノートに書き写すことまでしたのですっかり覚えてしまい、ついには最初から最後まで空《そら》で言えるほどになったくらいです。

あれから二十五年、何度『山月記』を読み返したかわかりません。

気がつくと、いつのまにか私の中に「虎になった男」をめぐる《別の物語》が生まれていました。

それが本書『虎と月』です。

中島敦は、中国の古い小説『人虎伝《じんこでん》』(*元祖「虎になった男の話」)を読んで『山月記』を書いたといわれています。

こんな言葉を聞いたことがないでしょうか？

――これまでに書かれたすべての物語は、互いに響きあっている。

耳を澄ませてみてください。

きっとどの作品の中にも、これまでに書かれた別の作品の響きを聞くことができるはずです。

『人虎伝』から生まれた『山月記』。

その『山月記』から生まれた『虎と月』が誰かと〝仲良く〟なり、さらに新たな物語を生み出してくれることを、作者としていま、夢想してやみません。

文庫版あとがき

本書『虎と月』は、二〇〇九年二月「ミステリーYA!」シリーズ(理論社)の一冊として刊行されたものです。

この度、版型を変えて文春文庫に収めるにあたり、本書執筆の経緯を簡単に。

「ヤングアダルト向けのミステリーを書いて下さい」という依頼を受けた時点で、私は〃ヤングアダルト〃なる言葉がなにを意味するのか知りませんでした。もっとも、これは私が言葉を知らないだけなのであって、辞書を引けば「ヤングアダルト【young adult】十代後半の若者。また、成人期初期の人」(広辞苑)と確かに載っています。

〃十代後半の若者、また成人期初期の人〃向けのミステリー?

私は辞書を前に首を捻りました。

デビュー当時、何かのインタビューで「執筆に際してどういう読者を想定されていますか?執筆のポリシーは?」と矢継ぎ早に質問を受け、答えに窮した私は苦し紛れに「十七歳のアホンダラ高校生だった自分と、五十歳のアホンダラオヤジになっているであろう自分の両方が楽しめる作品を書くこと」と口走った過去があります。

十七歳のアホンダラ高校生だった自分が楽しめる作品。

実現されているかどうかはさておき、依頼を受けた時点で柳広司がそれまで書いてきた作品はすべて〝ヤングアダルト向け〟と言えなくもない。それを、あえて「ヤングアダルト向けミステリーを」と執筆依頼をする意図は奈辺にありや？

依頼をしてきた編集者に恐る恐る尋ねたところ、「この業界において〝ヤングアダルト〟とは十代前半の読者のことです」と、一応丁寧に教えてくれました。

目から鱗。私が出版業界の常識に如何に疎いかを改めて思い知ることになった一件です。

というわけで、本書『虎と月』は〝十代前半の読者も楽しめるミステリーであること〟を前提に書かれた作品です。今回文庫化にあたり、一部手を入れました。

十三歳のアホンダラ中学生だった自分と五十歳のアホンダラオヤジになっているであろう自分の両方が楽しめる作品になったのではないかと思います。

柳広司『虎と月』（理論社／文春文庫）

『漱石先生の事件簿　猫の巻』あとがき

――吾輩は猫である。名前はまだない。

この文章、誰でも一度は何かの機会に読んだり、聞いたり、あるいは自分で口に出して言ってみたことがあるのではないでしょうか？

日本語で書かれた作品の中で、多分もっとも有名な書き出しをもつこの小説の名は、『吾輩は猫である』。

作者は、ご存じ〝文豪〟夏目漱石です。

一九〇五年から一九〇六年――というから、今からちょうど百年ほど前、『ホトトギス』という雑誌に発表されたこの作品は、小説家・夏目漱石にとっての〝デビュー作〟にあたります。『吾輩は猫である』は、発表されると同時に世間で大評判となり、当初、一回読み切りの予定だった作品は、結局全十一回にわたって書き続けられることになりました。

百年前、明治時代の人たちが、今の私たちと同じように、

――吾輩は猫である。名前はまだない。

と言っていたことを想像すると、何だか不思議な気がするではありませんか（ちなみに、この書き出しはあまりに有名なので、これまでにも多くの「吾輩本《わがはいぼん》」と呼ばれる作品が書かれています）。

ところが、この『吾輩は猫である』には、発表当時からある噂が囁《ささや》かれてきました。

――何か謎が仕掛けられているのではないか？

というのです。

何しろこの小説、あまりに有名な書き出しのほかは、本の内容を覚えている人が驚くほど少ない、という曰《いわ》く付《つ》きの謎の小説なのです。

作品中では、先生の家に飼われることになった名なしの〈猫〉の目を通して、先生とその友人たちが交わすおかしな会話、彼らが繰り広げる騒動と、その顚末《てんまつ》が語られます。なるほど、それはそれで面白おかしく読めてしまうのですが、さて本を閉じると、いったいどんな話だったのかさっぱり思い出せない、という奇妙なことになるのです。

しかしもし、それこそが夏目漱石がこの小説に仕掛けた謎だったとしたらどうでしょう？

作品の中で〈猫〉が語る、頭もしっぽもない、まるで海鼠《なまこ》のような奇妙なエピソードの数々。それゆえに読者の記憶に残りづらいという事態を招いているのですが、その裏には、文字には書かれない、いくつもの意外な謎が巧妙に隠されているのだとしたら？　そして、漱石が仕掛けたそれらの謎を解くことで、一見ばらばらに見えるエピソードの陰から、意外な真相が浮かび上がってくるのだとしたら……？

漱石が『吾輩は猫である』に仕掛けた謎を解き明かすために生まれたのが、本書『漱石先生の事件簿　猫の巻』です。

本書では、名なしの〈猫〉ではなく、ひょんなことから先生の家に居候《いそうろう》することになった探偵小説好きの少年〈僕〉の目を通して、六つの事件が語られます。

〈僕〉の目の前で鼠が消え失せ、猫が踊り、泥棒が山の芋を盗んでいったかと思えば、先生の家では奇妙な演芸会が開催され、ついには裏手にある中学の生徒たちとの戦争がはじまります（＊『吾輩は猫である』を既読の方にはもうおわかりのとおり、これらはいずれも漱石の作品に実際に出てくるエピソードです。本書は漱石の『吾輩は猫である』をもとに書かれていますが、もしかすると漱石作品を読んでいない――あるいは内容をすっかり忘れてしまっている――人のほうが、漱石の仕掛けに惑わされることなく、謎解きを楽しめるかもしれません）。

六つの事件の裏にひそむ、驚天動地、抱腹絶倒の真相は如何《いかが》だったでしょうか？

（未読の方は、とりあえず本書をお読みください）

＊

漱石は〈猫〉の口を借りてこんなことを言っています。

〝吾人《ごじん》（註《ちゅう》：われわれ）の評価は時と場合に応じ、吾輩の眼玉のごとく変化する。吾輩の眼玉は、ただ小さくなったり大きくなったりするばかりだが、人間の品隲《ひんしつ》（註：品さだめ。ものごとに対する評価）とくると、まっさかさまにひっくりかえる。ひっくりかえってもさしつかえはない。（中略）

天《あま》の橋立《はしだて》を股《また》ぐらからのぞいてみると、また格別なおもむきが出る。シェイクスピアも千古万古シェイクスピアではつまらない。たまには股ぐらから『ハムレット』をみて、「君、こりゃ駄目だよ」くらいに言う者がないと、文界も進歩しないだろう……〟

〝文豪〟夏目漱石の〝名作〟『吾輩は猫である』を「股ぐらからのぞいてみた」のが、本作品です。「格別のおもむき」を感じて頂ければ善し、またもし本書のほうを先にお読みになられた方が、これを機に漱石の『吾輩は猫である』を読んでみようと思ってくれたとしたら、作者としてこれにすぎる喜びはありません。

柳広司『漱石先生の事件簿　猫の巻』（理論社／角川文庫）

『ソクラテスの妻』文庫版あとがき

画家レオナール・フジタ（藤田嗣治）に「小さな職人たち」と呼ばれる二百枚を超える連作がある。

縦横十五センチ。小さな正方形のパネルには、パリの町角で見かける様々な職業の人々が〝子供たちの姿を借りて〟描かれている。大胆な構図と「すばらしき乳白色の肌」の裸婦像で知られるフジタだが、「小さな職人たち」では、一転して小画面ならではの精緻な筆致とユーモラスな絵柄で、画家の異なる貌を窺い知ることができる。

「作家はアルティスト（芸術家）であるより前に、腕利きのアルティザン（職人）でなければならない」

晩年そう語ったフジタは、「小さな職人たち」の連作を自らのパリのアトリエの壁面に〝恰《あたか》もタイル張りの如く〟張り付けていたという。

本書に収められた作品の連載依頼があった際、最初に頭に浮かんだのが右の逸話だった。

「何かギリシアに関係した話を十枚程度で書いて下さい（註：出版業界では、なぜかいまだに

〝四百字詰め原稿用紙何枚〟という数え方をする。不思議と言えば不思議な話である)」

確かアテネ・オリンピック開催の前年だったと記憶している。

原稿用紙十枚。

感覚としては、〝縦横十五センチの小さな正方形のパネル〟といったところだ。

よし、目指すは柳版「小さな職人たち」だ!

と密かな野望を抱いて開始した連載だったが、アテネ・オリンピック終了とともに世の中のギリシアへの関心も薄れ、程なく連載打ち切りを告げられた経緯がある。

柳版「小さな職人たち」となるはずだった「ギリシア作品集」は、二百作はおろか、わずか二十四作であえなく頓挫したというわけだ。

ところがその後、他の奇特な出版社から単行本書籍化の話が持ち込まれた。但し「このままでは枚数が足りないので、既存の作品を総括する書き下ろしを一本書くことが条件」だという。

なるほど理屈としてはもっともである。

思案の末——当初の目的とは若干異なるが——、二十四枚の小品を一つの画面にまとめる「額縁」を付けることにした。

それが、本作品集末尾に位置する「ヒストリエ」だ(註:単行本刊行時の書籍タイトルは『最初の哲学者』)。

さらに今回、判型を変え、文春文庫としてお目見えするに当たって、右の事情を「文庫版あとがき」に書いてほしいということなので、普段はあまり明かさない舞台裏を書いた次第です。

ヘロドトスの『歴史』のギリシア語文字数（〝数え上げ〟）については、京都大学名誉教授の中務哲郎氏に貴重なご教示を頂きました。改めて感謝を捧げます。

二〇一四年一二月（アテネオリンピックから十年目に。オリンピックは毎回アテネで開催すればいいのに）

ヘロドトス『歴史』（岩波文庫）
ポーラ美術館『レオナール・フジタ』（東京美術）

Essay Selection

Ⅳ

こんなことも

——小説家は生活する

a Day in My Life　〜ぼくの一日〜

吾輩は猫である。

先日吾輩が昼寝をしていると「小説すばる」の某編集氏がやってきて、主人が毎日何をしているのかをこっそり教えてくれという。吾輩は無論、そんなスパイまがいのことはできない、お断りするという意味でニャーと答えた。すると編集氏は何を勘違いしたのか、頻《しき》りに礼を言いながら原稿用紙を置いて帰ってしまった。

経緯《いきさつ》はどうあれ、引き受けてしまったからには仕方がない。以下が吾輩の主人の日課である（誤解なきよう言っておくが、吾輩は編集氏が原稿用紙と一緒に置いていった高級鰹節《かつおぶし》に眼がくらんだわけではない。為念《ねんのため》）。

吾輩の主人は毎日たいてい家にいる。職業はなんでも「小説書き」だそうだ。それがどんな職業なのか吾輩には頓《とん》と見当がつかぬ。見ている限り、なにしろ気楽な商売らしい。

朝、日も高く上った頃にようやく主人は起き出してくる。麺麭《パン》を食いながら新聞を読む。時折「けっ」とか「うむ」とか妙な声をあげるが、それはたいてい書評欄を読んでいるときである。

それから仕事部屋に行く。家の者は知らぬようだが、主人は一週間のうち半分くらいは、ただぼんやりとして座っているだけだ。そうして、時々思い出したようにパチパチとワープロのキーをひっぱたく。膝《ひざ》に乗っている吾輩としては迷惑千万な話である。

仕事時間が終わると、主人は急に元気がなくなる。昼飯は食べたり食べなかったりだ。気が付くと、横になって昼寝をしている。

目が覚めると散歩に行く。どこに行くのか吾輩は知らないが、すぐに帰ってくるところを見ると大した散歩ではあるまい。

あとは晩飯を食って、さっさと寝てしまうばかりだ。

吾輩は、朝主人が新聞を読むときは必ず彼の膝の上に乗る。仕事中も机か膝の上で、昼寝をするときは彼の背中《せなか》に乗る。夜寝るときも、まあたいてい主人の布団にもぐりこむ。これはあながち主人が好きというわけではないが、ほかに構い手がないから已《や》むを得んのである。

そうしていつも主人と一緒にいる吾輩が言うのだから信じた方が良い、主人はこの生活を飽《あ》きることなく毎日繰り返している。一年三百六十五日、春夏秋冬、ほとんど変わりはない。

吾輩と大差ないのである。

夏目漱石『吾輩は猫である』(新潮文庫/角川文庫)
柳広司『漱石先生の事件簿　猫の巻』(理論社/角川文庫)

虚実皮膜

近松門左衛門曰《いわ》く「芸といふものは虚と実の間にあるもの也《なり》」。蓋《けだ》し名言ですね。最近までキョジツヒマクと読んでいました。

穂積以貫「難波土産《なにわみやげ》」（『近松世話浄瑠璃集』博文館）
柳広司『柳屋商店開店中』（原書房）

職業病

職業病、というものがある。

手元の辞書によれば「職業の特殊性によって特に起りやすい病気。炭鉱夫の珪肺《けいはい》、鋲打ち器などによる白蠟《はくろう》病、タイピストの腱鞘炎《けんしょうえん》など」とある。風俗関係で働く人の性病なんかも、多分そうだろう。

どの病気も大変そうだ。本人はもちろん、家族にも心配をかける。

「そこへいくと、この職業（註：お気楽ミステリー作家）には職業病なんてものがなくて本当に良かったよなあ」

昨夜、食卓の話題として何げなく発言したところ、たちまち家族全員から、

「自分で気づいてないだけ！」

という冷ややかな反論が返ってきた。何のことか分からず、ぽかんとしていると、妻がおもむろに箸を置いて、こんなことを教えてくれた。

以前、私が『坊っちゃん』をもとにしたミステリーを書いていた時、私は夫婦喧嘩の最中、妻に向かって、

「このハイカラ野郎の、ペテン師の、イカサマ師の、猫被《ねこっかぶ》りの、香具師《やし》の、モモンガーの、岡っ引きの、わんわん鳴けば犬も同然な野郎め！」

と怒鳴ったのだと言う。

原爆をテーマにしたミステリーを書いている時は、夜中に突然むっくりと起き上がり「熱い……背中が焼ける！」と叫んでバタリと倒れ、そのまま寝てしまったらしい。

ホームズ譚を書いている時は、何かあるごとに『初歩だよ、ワトスン君』と呟いていたそうだし、シートンが探偵役の時は、家の中で突然奇声を発し、どうやら動物の鳴き声を真似ているようだったと言う。

それだけではない。道に落ちているバナナの皮からテレビで報道される国家間の紛争に至るまで、私がおよそ裏の意味を推理しないことはなく、そのたびに妙な推理を聞かされる家族はひどく迷惑している、と言うのだ。

——自分では全然覚えがない。

「ははは。……冗談、だよね？」

念のため尋ねてみたが、家族全員に無言で首を横に振られてしまった。

職業病には労災申請ができるそうだ。

私の場合一体どこに申請すれば認めてもらえるのだろう？

誰か教えて下さい。

下僕の誕生

——小説家は読者のなれの果てだ。

とは、誰か同業者の言葉である（註1）。

そう言われて、なるほどと思い当たる節があった。

子供の頃、実家にあった児童文学全集を手はじめに、家中の活字という活字は、親父が机の引き出しにこっそり隠し持っていたエロ小説まで、すべて読み尽くした。

高校生の頃、一人暮らしをすることになって最初に思いついたのが、高校の最低出席日数を確認することだった。多分、高校生活を楽しむよりは家で本を読んでいたかったのだろう。

大学時代は、出席を取る授業は論外、レポートか試験で単位をくれる講義だけを取っていた。あとはひたすら下宿にこもって本を読んでいたのである。

会社に入って初めてもらった給料の使い途《みち》は、古本屋で『谷崎潤一郎全集』（箱入り豪華装丁本、全二十二巻）を購入することだったし（註2）、その後、自分でもよく分からない理由でこの会社を辞めることになったのも、今にして思えば〝本を読む時間が充分に取れない〟という、ふざけた理由だった気がしないでもない。

ところで、小説とは英語でフィクション。虚構、つまりは嘘のことだ。

小説のせいにするつもりはないが、私は幼い頃からしばしば嘘をつく子供だった。

――ああ、ぼくは(俺は/私は)今嘘をついているな。

と思いながら、どうにも止まらないのである。

もちろん、たいていの嘘はすぐにばれた。

小学生の頃の通信簿を見ると、一学期こそ「一人で空想するのが好きなお子さんですね」と比較的好意的だが、二学期には「妄想が過ぎる時があります」と評価が怪しくなり、三学期には「虚言癖《きょげんへき》あり。嘘つきです!」と殴り書きの文字が記されている。いったいどんな嘘をついたのか、今となってはさっぱり思い出せないのだが、先生もよほど頭にきたのだろう。はなはだ気の毒である。

おかげで親は泣き、友達からは苛《いじ》められていた……はずだが、よく覚えていない。

その後も、体が大きくなったくらいで人間性がそんなに変わるものではないらしく、虚言癖はいっこうにおさまる気配もなく、家族はもちろん、友人、知人、恋人、会社勤めをしている時には同僚、さらには取引先のお客から、愛想を尽かされ、罵倒され、絶縁を宣言され、あるいは結婚詐欺師呼ばわりされているうちに――

ふと気が付いたわけである。

中途半端な嘘がばれるのであって、同じ嘘でも徹底してつき通した嘘は真実になるのだ、と。

コロンブスの卵であった。

卵が立つ、立たない、どころの話ではない（註3）。優れたミステリー小説の終盤、名探偵の一言がそれまで見えていた世界をくるりと引っ繰り返してみせるがごとく、そのことに気づいた瞬間、私の目にはまさに世界の黒白が反転したかに思えたほどだ。

「これで周囲との不協和音は春の雪のように消えうせる。親の勘当は解け、友人知人たちとは和《わ》睦《ぼく》し、相親しみ、恋人とはよりが戻るだろう」

私はそう思って、一人ほくそ笑んだ。

ところが——

実際にやってみると〝徹底して嘘をつき通す〟というのは、実に、物凄く、途方もないほど、大変な作業であった。なにしろ一言嘘をつき通すためには、そこから派生するであろう様々な事態について、あらかじめ予想を巡らし、すべての辻褄《つじつま》を合わせて置かなければならないのだ。そのあまりの大変さに私は呆然となり、半泣きになりながら、これなら最初から嘘なんかつかなければ良かった、と何度思ったかしれない。

奇妙なことに——あるいは奇妙ではないのかもしれないが——これだけ日常生活で嘘《フィクション》と親しみながら（？）、私は長いあいだ自分で嘘を、つまり小説を書こうと思ったことは一度もなかった。

物心ついて以来、他人が書いた本を年間数百冊もむさぼり読みながら（註4）、国語の授業は大嫌い。「この文章で作者は何を言いたいか？」という質問を真面目な顔で訊《き》かれても、およそ性《たち》の悪い冗談としか思えず、何と答えて良いのかさっぱり見当もつかなかったのだ。学生時代を通じて試験の順番はいつも下から数えたほうがはやく、すべての解答欄に自分の名前を書いて提出したことさえある（そのくせ、試験問題に一部が使われていた作品は、試験が終わると書店に走って行って買い求め、必ず全文を読まなければ気が済まなかった）。

では、そんな奴がいったいなぜ小説家になったのか？

自分でも分からぬ。まったく何事も我々には分からぬ。理由も分からずに押し付けられたものを大人しく受け取って、理由も分からずに生きていくのが、我々生きもののさだめだ……と、これは中島敦の名作『山月記』からの引用だが、あの作品の主人公は詩作に淫した揚げ句、ついに虎にまでなってしまったではないか。読書に淫した揚げ句、気が付いたら〝手や肘の辺りに毛を生じていた〟のではなく、たまたま小説家になっていたとしても別段おかしくはない。ないと思う。

ところで、小説家という存在は名探偵に似ている。

と書くと「こいつ、突然なにを言い出したのか？」と訝《いぶか》しみ、中には「可哀想に、あんまり売れないものだから、どうかしてしまったんだな」と納得されるむきもあろうが、残念ながらこれは何も私一人の意見ではない。その証拠に、北村薫氏が『冬のオペラ』で〝自分が名探偵だと自覚してしまった男の物語〟を書かれているが、あれは名探偵の物語であり、かつ小説家の物語なのだ（と私はかたく信じている）。

つまり、何が言いたいかと言うと、名探偵が名探偵であるためにはまず解決すべき難事件が不可欠であるように、小説家が小説家であるためにはデビューすることが、言い換えれば、発表すべき作品が必要なのだ。

困ったことに、私は自分が小説家であると自覚した時点で、何一つ発表すべき作品を書いてはいなかった。

と言うか、日記はおろか、絵日記すらつけたことがなかった。

かくて私は、その日をさかいに、自分が小説家であることを自他に証明すべく、狭いアパートの一室に引きこもり、ひたすら小説を書き始める……となるはずだったが、当時はちょうど各社新人賞が手書き原稿を受け付けなくなるという一大革命時期を迎えており、小説を書く前に〝ワープロの打ち方〟というきわめて即物的な技術の習得からはじめなければならず、そのことに気づいた時は、いささか出鼻を挫《くじ》かれた感じだった（註5・6）。

その後、二十歳代後半から三十歳代にかけての数年、私はほとんど誰とも逢わず、せっせと小説を書いては、各種新人賞に応募するという生活を続けた。無論、

〝長短凡《およ》そ三十編、格調高雅、意趣卓逸、一読して作者の非凡を思わせるものばかりである……〟（中島敦『山月記』）

とは簡単にはいかず、そのうえ自分が思いつくアイデアなどとっくに、すべて試し尽くされている事実をほどなく悟ったものの、それで失望したかといえばそうでもなく、私は連日、あたかも物《もの》の怪《け》に取り憑《つ》かれたかのように、ひたすらワープロのキイを叩きつづけた。客観的には少しもあてのないあの生活を、主観的にはなぜあれほどの確信を持って続けられたのか、今となっては理解に苦しむしかない。

最終候補に残ること六度。

何となく各社の編集者と顔見知りになってはきたものの、貯金も底をつき、そろそろ何とかならないと困るなアと思っているうちに、早くも二十世紀が終わってしまったのには、正直閉口した。

さて、がらり年が明けて、二〇〇一年。

輝かしい二十一世紀の幕開け……のはずが、9・11に始まる人類終末戦争勃発の年と記憶されそうな気がしないでもない、記念すべき年の二月のある日、柳広司の最初の著作『黄金の灰』が刊行された。

同じ年の五月には『贋作「坊っちゃん」殺人事件』が、とある新人賞で見事に当選し（と言うのだろうか?）、同作が九月に刊行。さらには同年十月に『饗宴《シュンポシオン》 ソクラテス最後の事件』が立て続けに刊行されるという、一見いかにも華々しい、しかし実際には細々としたデビューが今日の始まりである。

デビューしてみて気づいたこと。

冒頭の言葉に付け加えるならば、

――小説家とは読者のなれの果てであり、かつ小説の下僕である。

という、明白にして、厳然たる事実であった。

小説――フィクション――徹底した嘘のために、小説家は涙ぐましい努力を払わなければならない。時間と労力、ついには人生のすべてを捧げ尽くし、しかも愉悦の笑みを浮かべ、喜々として、「小説」というご主人様に奉仕するのが小説家という職業のさだめなのだ（註7）。ちょうど読者が小説をどんなふうに読もうと、途中で投げだそうとも、絶対的な自由を持っているのと正反対の立場である。とすれば——

いやはや、まずもってやはり天職と言うほかあるまい。

この度、柳広司の幻の（?）デビュー作『黄金の灰』が東京創元社で文庫化されました。また近々『饗宴《シュンポシオン》　ソクラテス最後の事件』（註8）も連続して文庫化される予定です（註9）。

ある読者のなれの果て。

あるいは下僕誕生の瞬間を、その目でとくとご覧あれ！

（註1）スミマセン。誰の言葉だったか思い出せません。知っている人は編集部まで。

（註2）普通は家族や世話になった人に贈り物をするそうです。

（註3）卵のお尻に食塩をつければ見事立ちます。

（註4）のべ冊数。気に入った小説は繰り返し読むので。

（註5）ちなみにこの原稿もワープロで書いています。依頼を受けた際、最初は久しぶりに手書きにしようと思って原稿用紙を広げたのですが、もはや手が退化してペンでは字が書けなくなっていました。

（註6）デビュー直前、ある出版社に性懲りもなく手書きで原稿を持ち込んだところ、担当編集者から「まずはデータにしてもらいましょうか」と冷たくあしらわれたことを覚えている

（と言うか、絶対に忘れない）。

（註7）巷間所謂《こうかんいわゆる》「メイド・カフェ」に入りびたっているわけではない。念の為。

（註8）耳より情報。書き上げたのは、こっちが先。刊行順が逆になった経緯はムニャムニャです。

（註9）二〇一六年八月現在、『はじまりの島』『黄金の灰』『饗宴《シュンポシオン》　ソクラテス最後の事件』『百万のマルコ』が創元推理文庫より絶賛発売中。

中島敦『李陵・山月記　弟子・名人伝』（角川文庫）

北村薫『冬のオペラ』（角川文庫）

日本推理作家協会賞殺人事件

1

通報があったのは、二〇〇九年の長かったゴールデンウィークの最終日にあたる五月六日のことだった。

アパートの隣の部屋に配達に来たピザ屋の店員が、ドアが開いているのを不審に思い、中を覗いたところ、部屋の中で血まみれになって倒れている男の死体を発見したのだ。

現場《げんじょう》に到着した時、大河原《おおがわら》警部は傍目《はため》にも不機嫌だった。前日、別の殺人事件の捜査が一段落したばかりだった。今年のゴールデンウィークも、結局一日の休みもなく終わりそうだ。

大河原警部は現場に足を一歩踏み入れて、たちまち顔をしかめた。

この仕事を長く続けていると時々、現場に入った瞬間、事件の大まかな構図が見えることがある。所謂《いわゆる》「刑事の勘」というやつだが、要は膨大な経験量に裏打ちされた、言語化されない職業的見識のことだ。その刑事の勘が「これはやっかいな事件になりそうだ」と告げていた……。

「ご苦労様です」

振り返ると、佐藤刑事だった。今年の春から一課に配属された佐藤刑事は、最年少の二十七歳。顎の細い、さらさらの髪をした、いかにも今時の若者だ。が、仕事にそつはなかった。

「被害者《ガイシャ》の身元は割れているのか？」

大河原警部の質問に対し、佐藤刑事は手帳を開いて、てきぱきと答えた。

「殺されていたのは柳《やなぎ》コージ。この部屋の住人で間違いありません。年齢四十一才。職業は、自称ミステリ作家です」

「ミステリ作家の柳コージ？　聞いたことがないな。新人なのか？」

「いえ。単行本デビューは二〇〇一年二月ということですから、かれこれ九年前ですね。もう新人とは言えないでしょう。著作も既に十五冊ほど出しているようです」

「知らんな」

大河原警部は改めて首を捻った。

「ま、どれも、たいして売れなかったようですからね」

「それで、被害者の近所での評判はどうだ？」

「近所の人たちによると、かなりの変人だったようです。よくぶつぶつと何かわけの分からない言葉を呟きながら散歩してた姿が目撃されています。道路脇に腹這いになって野良猫と遊んでいた時は、不審に思った近所の人から一一〇番通報されています。また、それとは別に夜中に徘徊……いや、散歩をしていて職質《しょくしつ》を受けたことも何度かあったようです。もっとも、最近では近所の人たちもすっかり見慣れてしまって『あれはあんな人だから』と哀れみの目で見ていたようですが」

ふむ、と大河原警部は短く唸《うな》った。

どうやら今回の事件の被害者、柳コージは社会のあぶれ者のような存在だったらしい。

だが、それならなぜ、社会のあぶれ者、売れない自称ミステリ作家の徘徊変人を、誰が、一体何の目的で、わざわざ殺さなければならなかったのか……？

頭にハッと閃《ひらめ》くものがあった。

「被害者の身に、最近何か変わったことはなかったか？」

「それが、その……被害者本人というわけではないのですが……」

佐藤刑事が、手帳から顔をあげ、困ったような顔で言った。

「被害者が昨年発表した十四作目の著作『ジョーカー・ゲーム』が、先月、日本推理作家協会賞を受賞しているのです」

2

「日本推理作家協会賞？」

「ご存じありませんか？　日本推理作家協会賞――通称〈推協賞〉は今年で六十二回目を迎える由緒正しいミステリの賞でして、これまでに受賞した作家、作品としては、例えばあの……」

と佐藤刑事が早口に挙げた作家や作品名を聞いて、大河原警部も頷くものがあった。

「なるほど。その作家たちの本なら読んだことがある」

「ね、そうでしょう！」

佐藤刑事は目を輝かせ、身を乗り出すようにして、先を続けた。

「この日本推理作家協会賞は、プロの作家がライバルである他のプロの作家の作品を顕賞するという極めてユニークな賞なのです。現在、この賞は〈長編及び連作短編集部門〉〈短編部門〉〈評論部門〉の三つのジャンルにわかれています。それぞれのジャンルで、前年に発表されたミステリ作品の中から、まず各出版社の推薦によって作品が選ばれ、その後、予選、本選の二段階の選考会が行われるシステムを採用しています。今年は各部門、例年にない大激戦でして、長時間に及ぶ激論の末、当初泡沫《ほうまつ》候補と目されていた柳コージの『ジョーカー・ゲーム』が何と〈長編及び連作短編集部門〉を受賞してしまったのです。こんなことになるくらいなら……」

「まあ、待て。少し落ち着け」

大河原警部は煙草に火をつけ、興奮した口調で熱く語り出した佐藤刑事をなだめて言った。そう言えば、佐藤刑事が配属されてきた直後、本人の口から「自分は熱心なミステリ・ファンなのです」と聞いた記憶がある。その時も「刑事がミステリ・ファンというのは外聞が悪いので、他では口にしないよう」忠告したはずだった。

「それで、お前の考えじゃ、その推協賞受賞が今回の事件とどう関係してくるんだ？」

「実は、今年の推協賞では前代未聞の事態が発生したのです」

「前代未聞の事態だと？」

「ええ。図らずも推協賞各部門でそれぞれ二名ずつ、合計六名の受賞者を出してしまった——。

これは今年で六十二回を数える推協賞始まって以来の椿事《ちんじ》なのです」

「だが、それが今回の事件とどんな関係がある？」

「問題は賞金ですよ」佐藤刑事は囁《ささや》くような声で続けた。「例年、受賞者は各部門一名ずつ、年によっては〈受賞者なし〉の場合もあります。ところが今年は一度に六名もの受賞者を出してしまった。規定により、それぞれの受賞者には満額の賞金を支払わなければなりません。しかし、もし推理作家協会に充分な資金の蓄えがなかったとしたらどうでしょう？」

「なるほど。賞金を支払われなければ、貧乏ミステリ作家のことだ、必ず大騒ぎを始めるに違いないな。そんなことになれば、由緒ある推理作家協会の権威はたちまち地に落ちる。そこで推理作家協会は先手を打った。つまり、支払うべき賞金の総額を減らすために、協会、もしくは協会理事長の指示で、受賞者に刺客が送られた。——そういうことか？」

佐藤刑事は無言で頷いてみせた。

「念のため、現在他の受賞者の安否を確認中です。恐らく、受賞者の中で、殺されても最も影響が少ない柳コージが真っ先に狙われたのでしょうか。……これが第一の可能性です」

「第一？　すると別の可能性もあるのか？」

佐藤刑事は再び手帳を開いて言った。

「数日前、被害者が担当編集者と路上で激しく口論する場面が複数の人間によって目撃されています。双方の口から『てめえ』『ぶっ殺すぞ』といった物騒な言葉が出ていたそうです」

「作家と担当編集者が路上で口論？　次の作品の方針について揉めていたのか？」

「いや、それが……」

佐藤刑事は苦笑して言った。

「目撃証言によれば、被害者は『俺は今年の推理作家協会賞受賞者だぞ。今日の打ち合わせは、いつものファミレスではなく、居酒屋に連れて行け』と主張していたそうでして……」

「せこいな……」

「ミステリ作家なんて、そんなものですよ」

「だが、そうなると、その担当編集者も容疑者の一人というわけか」

「いま、捜査員をやって当人のアリバイ確認をさせています」

「ほかに可能性は？」

「ないことは、ないのですが……」

佐藤刑事の顔がふいに曇った。

3

「出版社と作家というのは、聞けば聞くほど妙な関係でしてね」

佐藤刑事は渋い顔のまま、新たに手帳のページをめくって言った。

「売れないミステリ作家に対する出版社の対応というのは実に酷《ひど》いもので、まるで野良犬に余った骨を投げてやるような仕事の出し方なのです。ところが、何かの拍子にその作家の本が少しでも売れると、たちまち手のひらを返したような態度で編集者が群がってくる。しかも、揉み手をしながらシェンセー、シェンセーと言って、本にする原稿をむしり取っていくのです。もっとも、これも一時のもので、その本が売れなければ、またすぐに野良犬扱いに戻るそうなのですが……」

「ひどい業界だな。人権協会から苦情は出ないのか？」

「出ませんね。人権協会は多分、ミステリ作家を人とは思ってないんじゃないですか」

ふーむ、と大きく唸った大河原警部は、だが、すぐに話題を戻して言った。

「それで、その出版社の極悪非道な仕事のやり方と、今回の事件の間にどんな関係があるんだ？」

「推理作家協会賞を取ったことで、被害者の本が最近少し売れはじめているのです。そのことを嗅《か》ぎ付けた各出版社が、手のひらを返したように被害者に依頼を殺到させていまして……。本人も良い気になって片っ端から仕事を引き受けたものですから、このところ急に締め切りに追われていたようなのです。しかし、そもそも締め切りに追われるなどということに慣れないない被害者は、最近ではすっかりノイローゼ気味だったようでして……。近所の人が、被害者が昨日ニヤニヤと薄気味悪い笑みを浮かべながら、ふらふら散歩しているのを見かけています。しかも、被害者はその時『締め切りから逃れるための究極の方法を見つけた』といった意味のことをブツブツと、繰り返し呟いていたそうなのです。先ほど、ある出版社に確認したところ、ちょうどこのゴールデンウィーク明けが締め切りの原稿がありました。つまり……」

「自殺の可能性もある、ということか？」

「はい」

「だが、被害者の傷は背後から頭部を一撃されたものだ。自殺は考え辛いだろう」

「普通の人ならそうなのですが……」

佐藤刑事は顔をしかめ、隣の部屋に目をやって囁くように言った。

「向こうの部屋を見て下さい」

4

「おいおい。何だよ、この部屋は……」

大河原警部は部屋の中を見回し、思わず呆れて声をあげた。

狭い部屋に本が溢れていた。壁という壁は天井まで届く背の高い本棚で埋め尽くされ、本棚に並び切らないたくさんの本が床の上に無造作に積み上げられている。しかも、そのタイトルはいずれも『密室入門』『不可能殺人への招待』『犯罪捜査マニュアル』『図解トリック』『簡単な殺人法』『人間消失』『暗号のすべて』『見えない凶器』といったものばかりなのだ。

とても、まともな頭の人間が住む部屋とは思えない。

「仕事柄とはいえ、朝から晩までこんな本を読んじゃあ、ろくでもないことを考えているような連中ですからね。何をどうしでかしても不思議ではありません」

佐藤刑事は肩をすくめ、壁に画鋲《がびょう》で止めてあった一枚の写真を指で弾いた。

品のない色つきの眼鏡をかけ、ふて腐れた顔をした、ひげ面の四十男。

写真の男が、この部屋の持ち主、柳コージなのだろう……。

被害者の仕事用のパソコンを弄《いじ》くっていた鑑識の一人が、振り返って声をあげた。

「警部、ちょっと見てもらえませんか」

さっきまでシールドされていたパソコンの画面に文字が浮かんでいる。

「パスワードは『オマエノカアチャンデベソ』でした」

「……作家が使う言葉とはとても思えないな」

大河原警部は首を振り、呆れたように小さく呟いた。

「それにしても、よく見つけたな。ちなみに、どうやってパスワードにたどり着いたんだ？」

「パソコンの横に紙に書いて貼ってありました」

「……なるほど」

「警部、見て下さい！　このファイル、作成が今日の日付です」

マウスを操作していた佐藤刑事が声をあげた。

ファイルを開いて、画面に表示されたのは……。

> 日本推理作家協会賞殺人事件
>
> 1
>
> 通報があったのは、二〇〇九年の長かったゴールデンウィークの最終日にあたる五月六日のことだった。……

「書きかけの原稿、のようですね」

佐藤刑事が画面を覗き込んで、何げなく呟いた。だが――。

それにしては何かが変だった。ごく些細《ささい》な、しかし決定的な何かが……。

大河原警部の脳裏に、ふいに殴られたようにある可能性が閃いた。

「待てよ……ちくしょう、それじゃ、俺たちはまさか……」

その時だ。突然、アパートの天井が開き、頭上に青空が広がった。

見上げた視線の先に、巨大な顔がぬっと現れた。

品のない色つきの眼鏡をかけ、ふて腐れた顔をした、ひげ面の四十男。

い、い、柳コージ。

「締め切りから逃れるための究極の方法を見つけた」

巨大な四十男の顔は誰にともなくそう呟くと、にやりと口元を歪め、不気味な笑みを浮かべた。


――つべこべ言わずに原稿を書くことだ。

次の瞬間、男の顔が消え失せ、後にはただ抜けるような五月の青空が広がっていた。

（註：本作は「推理作家協会賞受賞記念エッセイ」として書かれたものです）

柳広司『ジョーカー・ゲーム』（角川書店／角川文庫）

受賞と私

はっきり言います。

日本推理作家協会賞はデビューした頃からの目標でした。

一説によれば、現在日本では一日に一冊、もしくはそれ以上のペースでミステリが出版されているそうです（翻訳ミステリを入れればもっと）。

書店に行くたびにミステリの棚には新刊本が並び、次々に入れ替わっていきます。読者の方も「いったいどのミステリを読めば良いのか？」と戸惑うことが多いのではないでしょうか？

少なくとも、私がそうでした。

私は自分でミステリを書き始めたのが割合遅く、純然たる読者でいた期間が長いのですが、その頃、書店や図書館に行っては膨大なミステリの山を前にして、しばしば呆然としたものです。「この無数ある作品の中から、いったいどれを選べば良いのだろう？」と。

試行錯誤の結果、私は自分が読みたいミステリを探す一つの指標を発見しました。それが「日本推理作家協会賞受賞作（作家）」。

試しに当時夢中になって読んだ本を思い出すと『龍は眠る』『秘密』『新宿鮫』『夜の蟬』『時計

館の殺人』『ガダラの豚』『文政十一年のスパイ合戦』……と、たちどころに推理作家協会賞受賞作をいくつも挙げることができます。

その頃は、まさかその賞を自分の作品が受賞するとは夢にも思わず――それを言えば、自分で小説を書くようになるとも思っていなかったのですが、ミステリ作家としてデビューしてからは推理作家協会賞は常に意識してきた賞でした。

ところで、受賞後しばらくしたある夜のこと、仕事場で原稿を書いていた私はふと
「自分は本当に推理作家協会賞を取ったのだろうか？　あまりに長い間、強く願い続けていたので、受賞したという妄想に取り憑かれたんじゃないだろうか？」

という不安に駆られました。

こうなるとミステリ作家というのはやっかいなもので、すべての可能性を疑いはじめます。職業柄、確たる証拠を手にするまでは決して安心できないという面倒な習性があるのです。

何とか真相を確かめようと模索した私は、一案を思いつきました。一緒に協会賞を目指して作品を作ってきた担当編集者なら、きっと私と同じ思いのはず。担当編集者に確認すれば真相が判明するに違いない、と。

私は担当者に宛てて一見陽気を装い、その実恐る恐る、一本のメールを打ちました。

「ついに念願の推理作家協会賞を受賞できましたね。お祝いに一杯やりませんか？　今日は私の奢《おご》りということで（＾＾）／」

返事はすぐに戻ってきました。

「校了時期なんで今度にしてください」

……それから私がどんな不安な一夜を過ごしたかは、ご想像にお任せします。

宮部みゆき『龍は眠る』（新潮文庫）
綾辻行人『時計館の殺人』（講談社文庫）
中島らも『ガダラの豚』（集英社文庫）
大沢在昌『新宿鮫』（光文社文庫）
北村薫『夜の蟬』（創元推理文庫）
東野圭吾『秘密』（文春文庫）
秦新二『文政十一年のスパイ合戦』（文春文庫）

大人であること

上下黒のスーツ、よく見れば薄く花柄の入った白シャツ。色付きの眼鏡をかけ、顎と口周りに髭を生やした柳さんは、約束の場所に時間ぴったりに現れた。

——待ち合わせ時間にうるさい方だとお聞きしました。

「お互い仕事ですからね。打ち合わせの時間に遅れた編集者を待たずに帰ったこともあります」

——柳さんにとってのこだわりですか。

「こだわりというわけではありませんが、大人というものは本来そうあるべきじゃないですか。特に小説家や編集者はある意味嘘の言葉を商売のネタにしているわけですから、約束は遵守すべきだと思います」

——柳さんの考える大人とは「約束を守る人」？

「約束遵守。それから、煙草と酒……というのは冗談ですが、子供のころからともかく早く大人になりたいと思っていました。何しろ小説の中に出てくる大人たちは、やたらに格好がいい。

一室に集めた容疑者たちを前にして、探偵が悠揚迫らぬ態度で名推理を披露する。紫煙たなびく中、最後に驚くべき真犯人の名前が明かされる。本格ミステリーのお約束の場面ですが、子供心に一度はやってみたかったものです。

或いは某ハードボイルド作品の有名な一場面。数奇な運命を経て再会した友人に一言。『ギムレットにはまだ早すぎるね』。

大人になったら、きっとこんな台詞を使う機会があるのだろうと思ってワクワクしながら小説を読んでいました。で、〝早く大人になりたい〟」

――実際に大人になってどうでしたか？

「当然ですが、単に年齢を重ねることと大人であることはまったく別物でした。ある日その事実に気づいて愕然となりましたね。もちろん、容疑者を集めて名推理を披露したことも、気の利いたキザな台詞をバーで口にしたことも、これまで一度もありません。チャンドラーは読んでいる分にはしびれますが、実際に口にするとなるとさすがにちょっと……。『趣味のいいご婦人を蕩らし込めるほどの二枚目で、しかも動力シャベルと殴り合いができるほどのたくましい男が欲しいのさ。酒場の地回りみたいに身がこなせて、フレッド・アレンそこのけの洒落がたたけて、ビール会社のトラックに頭をぶつけても、かわいいコーラス・ガールに棒パンでぶたれたくらいにしか感じないような男がね』。高校生の頃に一生懸命覚えた台詞ですが、いったいどんな状況で使うつもりだったんですかね？　だいたいフレッド・アレンが何者なのか、いまだにわからない」

――高校生の頃にそんな台詞を。

「役に立たない台詞なら山ほど覚えました。『夜は若く、彼も若かった。夜の空気は甘いのに彼の気分は苦かった』とか。あとは、煙草の煙の重さを量る方法なんかも。全然役に立たない」

――煙草の煙の重さを量る方法ですか？

「まず煙草の重さを量る。火を付けて、灰皿の上に慎重に灰を落とす。残った吸い殻と灰の重さを量って、もとの煙草の重さから差し引けば煙の重さというわけです。高校生の時に覚えて以来、初めて披露しました。酒の席での与太話にしかなりませんが、当時は酒を飲みながらこんな話が出来るのが大人だと思っていたんでしょう。高校生はみんな馬鹿ですが、中でもとりわけ馬鹿だったみたいですね」

――柳さんがいま考える大人とはどんな人物でしょう？

「うまくは言えませんが『自分だけの狭い世界に閉じこもるのではなく、大きな世界と向き合い、苦闘して、自分なりの落とし前をつけようとする人物』といった感じですかね。最近、昔読んだ小説を改めて読み返すと、私が好きだった登場人物はそういう意味でみんな大人です。よく『作者は読者の成れの果て』と言われますが、自分がプロの小説家となった以上、かつて読者として自分が憧れた大人が出てくるような作品を書きたいと思っています」

――柳さんの最新刊『ロマンス』の主人公・清彬《きよあき》も、そういう意味で大人でした。

「そう言って頂ければ大変嬉しいです」

――ところで、柳さん本人は大人でしょうか。

「うーん。大人でありたいと思っていますが、なかなか……。小説家になって今年で十一年目。ある意味、小説家という職業は大人であることが難しい職業だと、最近つくづく感じるようになりました」

――というと？

「作品に誠実であろうとすればするほど、一つの作品を書き上げる度に小説家は空っぽになります。その都度一から世界と向き合う新たな方法を模索しないといけない。これが例えば職人さんなんかだと、一度手に職をつければ、その技術を通じて世界と係わりあうことができる。羨ましい気がします。小説家であり、かつ大人であり続けるのは至難の技です」

――何かこだわっている物はありますか？

「こだわっているわけではありませんが、推理作家協会賞の正賞として頂いた腕時計は大事に使っています。ちょうど前に使っていた腕時計が壊れたところだったので」

――今日のこの後のご予定は。

「一日の仕事が無事終われば、夜はたいてい飲みに出ます。今日も多分そうなると思います。煙草と酒は、高校生の頃に考えたように、大人の必要条件ではないですが、今でもまあ、十分条件ではありますね」

――最後に座右の銘があれば教えて下さい。

「『ユーモアと愛』。この二つも、私にとっては大人であることの必要十分条件です」

（註：質問者回答者、共に本人）

レイモンド・チャンドラー『長いお別れ』（ハヤカワ文庫）／『事件屋稼業　チャンドラー短編全集2』（創元推理文庫）

柳広司を創った「13」

―1― 児童文学全集全52巻

小学校の入学祝いとして、親戚から貰ったもの。どうやら親戚の家の子供たちは全く興味を示さず、処分に困っていたのを送ってくれた……というあたりがコトの真相だったようです。その児童文学全集がその後の柳広司の人生を決定付けたのですから、世の中、何が起きるか分かりません。

『海底二万里』『トム・ソーヤの冒険』『宝島』『水滸伝』『三銃士』『怪盗ルパン』……。いずれもこの児童文学全集で初めて読んだものばかりです。当時我が家にあった子供用の本はこれだけだったので、必然的に何度も繰り返し読むことになり、その内にどのページにどんな挿絵があり、どんな文章が書いてあるのか、ほとんど諳《そら》でいえるようになったくらいです。

あの頃に読んだ物語及び文章が、現在自分で小説を書く際の基礎となっているのは間違いありません。

―2― 地図

物心つく前から、なぜか地図を眺めるのが好きでした。

周囲の子供たちに比べて私は言葉を話しはじめるのが遅く、その代わり（?）日本地図でも世界地図でもデタラメにページを開いては、そこに書いてある聞いたこともない町の名前、見たこともない山、川、公園、橋、通りの名前を順番に指でたどり、一人で悦に入っていたそうです（家族談）。

昔のことなので自分でもよく覚えていないのですが、多分、その頃から〝ここではないどこか〟に行きたかったのだと思います。

それにしても、地図を眺めて一人でニヤニヤ笑っている幼い子供というのは、周りから見れば相当気持ち悪かったんだろうな……。

—3— ボクシング

一時期、アマチュア・ボクシングに熱中していたことがあります。近所にあったボクシングジムにせっせと通い、時折プロの練習生たちとリング上で殴り合っていました（スパーリングという形式の練習で、喧嘩をしていたわけではありません。言うまでもないことですが）。

当時、ジムの会長がよく口にしていたのが〝スタンド・アンド・ファイト〟という言葉でした。〝足を止めて、闘え〟。

試合中、相手のパンチがどんなに強くても、またどんなに体力的にきつくても、少なくとも一度は覚悟を決め、足を止めて殴り合わなければならない。その局面を制することで、はじめて試合に勝つことが出来るのです。

あれから二十年。小説を書いていても、仕事である以上やはりきつくなることがあります。「この文章は、まあこんなものでいいだろう」と弱気の虫が心の中で囁くことがある。そんな時、あの言葉を思い出して自分を奮い立たせるのです。

〝スタンド・アンド・ファイト〟。

足を止めて闘わなければ勝利もない。

―4― 放浪（散歩を含む）

子供の頃、何度か家出をしたことがあります。と言って、親にきつく叱られたとか、自分の要求が受け入れられなかったというような特別な理由があったわけではなく、ただ何となくぶらりと家を出て、知らない町で保護されたに過ぎません。

家出というよりは、長い散歩、もしくは放浪ですね。大人になってからもその傾向は変わらず、デビューする前もしばらくの間ギリシアでぶらぶらしていました。

不思議なことに、小説を書くようになってからはこの放浪癖が影を潜め――たまには出たばかりの原稿料を持って数日間家を空けるようなことはありますが――存外落ち着いた生活をしています。

もしかすると、小説を書くという行為自体が放浪に似ているのかもしれません。自分の知らない場所、知らない時間に行って、帰ってくる。毎日がその繰り返しです。最近なぜか、夕方、長めの散歩に出るのが日課になりました。

—5— 図書館

デビュー前、近所の図書館に入り浸っていました。勤めていた会社を辞め、決まった職もなく、肉体労働のアルバイトをして得た金で生活をしていたので、当然本を買う余裕などありません。

正直、図書館はありがたかったです。とりあえず小説の棚にある本は全部読んでしまおうと思い立ち、連日せっせと図書館に通っては、片っ端から本を読み漁っていました。当時は自分の書いた小説が本になり、同じ棚に並べられるようになるとは中々想像出来なかったものです。

それにしても、図書館はこの十年で随分変わりました。以前は紙のリストを一枚一枚めくって目指す本を探していたのですが、今や館内のみならず他の図書館の蔵書までパソコンで検索でき、しかもその場で取り寄せ予約ができてしまうのですから大したものです。

実を言えば今も図書館には随分お世話になっていて、小説を書くために必要な資料の類は大抵図書館で借りています。自分で書く場合は、図書館で読んでもらって、それでもう一度読もう、もしくは買って手元に置きたい、と読者に思ってもらえる作品にしなければならないと考えています。

6　桂枝雀落語大全

落語は昔から好きでよく聞いていたのですが、枝雀さんの落語を初めて聞いた時は度肝を抜かれました。他の落語家の噺《はなし》と同じ芸だとは、とても思えませんでした。それまで聞いてきた落語が伝統芸能だとしたら、枝雀さんの落語は文字通り生きた落語――ライブ――だったのです。

その後、せっせと〝追っかけ〟をしていたのですが、残念ながら枝雀さんは一九九九年に亡くなってしまいます。自殺でした。亡くなって初めて、彼がどれほど命懸けで仕事をしていたのかに気づかされ、愕然としました。

落語家桂枝雀が命懸けでやった仕事を、私たちは今も録音の形で聴くことができます。録音は何種類か残されていて、面白いことに同じ噺でもそれぞれ印象が少しずつ異なります。ちょっとした細部の違いが、噺全体の印象の違いにつながっているのです。〝神は細部に宿り賜う〟。小説も同じでしょう。枝雀さんの落語を聞き返す度に、大笑いしながら、自分の仕事についてあれこれ考えさせられます。

7　レイモンド・チャンドラー

二十代も後半に差しかかったある日、突然「小説を書こう」と思い立ちました。なぜそんなことを思ったのかは自分でもよくわかりません。なるほど、物心ついた時分から毎年平均二、三百冊の小説を読んできましたが、だからこそ小説とはあくまで読むものであり、自分で書くことなど一度も考えたことがなかったのです。

しかしまあ、決めてしまった以上は仕方がありません。とりあえず机の前に座り、そこでハタと困惑しました。問題は〝どう書くか〟でした。何しろそれまでは、日記はおろか絵日記すら一切書いたことがなく、つまり自分の文章（文体）というものをまるで持っていなかったのです。

あれこれ考えていたその時、私の頭に浮かんだのがレイモンド・チャンドラーでした。チャンドラーは一般に〝ハードボイルド作家〟として知られていますが、その特徴は何と言っても独特の文体にあります。彼にとってはまるで《何を書くか》は問題ではなく《どう書くか》こそが重要だったかのような印象を受けるほどです。そこで私は、ひとまずチャンドラーの文体を〝パクる〟ことにしました――。

そこから柳広司の長い長い文章修行の旅が始まるのですが……それはまた別の話。

―8― ワープロ

初めて書き上げた短編小説がある新人賞の最終候補に残り、その後も応募する度に最終候補まで残るものの、受賞にはどうしても至らない――という日々が何年か続きました。

それだけ何度も最終候補に残っていると、さすがに何人かの編集者と顔見知りになります。一方で、いい加減新人賞で貶《けな》されるのにも飽きてくるので、次に書き上げた原稿を知り合いになった編集者に直接持ち込むことにしました。

私が持ち込んだ手書き原稿を一瞥して、編集者は冷たくこう言い放ちました。

「とりあえずデータにしてから、改めて持ってきて下さい」

ちょうどその頃を境に出版社は（一部の大御所作家を除いて）手書き原稿を受け付けなくなっていたのです。私は仕方なく、なけなしの貯金を下ろしてワープロを買い求め、次の小説を書く前に、タイピング技術の修得という極めて即物的な作業に取り組まなければなりませんでした。

実は、この原稿もワープロを使って書いています。どうしてもワープロでなければ書けないわけではないのですが、まあ、慣れの問題ですね。電機メーカー各社はワープロの生産を中止しているので、現在使用中のワープロが壊れたら、また別の即物的な技術の修得に取り組むことになると思います。

9　紅茶&チョコレート

新刊が出るとたいてい宣伝のためのインタビューを何本か受けますが、その際決まって聞かれる質問の一つに「執筆時間はいつですか？」というものがあります。

そんなことを知って一体何の役に立つのだろう？　と内心いつも不思議に思うのですが、何しろ新刊の評判を少しでも良く書いてもらいたいので、にこりと笑って正直に答えるようにしています（以下、記者との対話）。
「毎朝八時か、遅くとも九時には起きて朝食をとり、それから午後二時、三時までずっと書いています。遅めの昼食後は、その日に書いた文章のチェックと資料調べですね」「へー、午前中に書くのですか。珍しいですね」「そうですか？　世の中の大抵の人と同じだと思いますが？」「いや、珍しいですよ。小説家としては」「そんなものですかね。は、は、は……」（愛想笑い。以下略）

奇妙なことに、決まって同じことを聞かれながら、本件が記事になったことは一度もありません。記事にしないのなら聞かなければ良いのにと思うのですが、いやいや、きっと私には思いもよらない複雑な裏の事情があるのでしょう。

ところで、これもよく聞かれる質問なので、先に自分から答えておきます。

執筆中の飲み物は紅茶（ダージリン）、途中でテンションが落ちてくるとチョコレートをがり齧《かじ》りながら仕事を続けます。以上。

―10― メモ帳

家にお客が遊びに来ると必ず、あちこちにメモ帳とペンがセットになってぶら下がっていることに驚きます。居間に二つ、書庫、寝室、洗面所、トイレ、ついでに風呂場の入り口にも一つずつ……。しかもメモ帳には「毒殺？」とか「血が飛び散る」とかいった物騒な言葉が殴り書きしであるのですから、驚くなという方が難しいかもしれません。

真相を明かせば——と言うほどのものではないのですが、この妙なインテリア（？）は思いついたアイデアや言葉を、忘れない内に書き留めるための工夫です。

以前は、せっかく思いついたはずの良いアイデアや気の利いた言い回しを後から思い出そうとして思い出せず、もどかしく思うことが多かったのですが、〝家中メモ帳ぶら下げシステム〟を採用してからはそんなケースは少なくなりました。

弊害としては、自分でメモ帳に書いておきながら後から何を書いたのか意味が分からない、もしくは自分で書いた字が読めない（汚すぎて）、といったことでしょう。先日も寝室にぶら下げたメモ帳に「幸右衛門」と書いてあるのを見つけ、いったい何の為に書いたのか、そもそもどういう意味なのかさっぱり思い当たらず、首を捻っているところです。

11 色付き眼鏡

柳広司といえば品のない色付き眼鏡と汚い髭面がトレードマークですが、何も生まれた時からこんな風貌だったわけではありません。

小説家としてデビューする以前、工事現場で働いていたことがあり、その時はまだ眼鏡すらかけていなかったのですが、砕けたコンクリートの破片が目に当たって怪我をしたことがありました。病院に行くと角膜が傷ついているということで、しばらくは光がまぶしくて仕方がなく、その時かけ始めたのが色付き眼鏡でした。

　必要に迫られて身につけた色付き眼鏡でしたが、実際かけてみると様々な長所があることが判明しました。光がまぶしくないのが、その一。第二に、話をしていても相手に目を見られないことが挙げられます。元々どうも目付きが悪く、一見いかつい外貌の割に、意外にシャイなところのある柳広司にとって（自分で言うな！）これは大きな利点でした。

　以来、すっかり色付き眼鏡が手放せなくなりました。品のなさは当人固有のものです。ご容赦下さい。

―12― 編集者

　一般にはよく誤解されているようですが、小説は――少なくともエンターテイメント小説は、小説家が一人で作り上げるものではありません。企画段階から担当編集者が関わり、柳広司という小説家が今、どんな小説を、どんな風に書けば一番うまく読者に届けられるのか綿密な打ち合わせをして、それからはじめて書き始められるのです。

　作品を作り上げる過程でも、作品構想から文章の良し悪しに至るまで、しばしば相当に辛辣なやり取りが行われます。「じゃあ、今日の打ち合わせはこの位で」と言って別れてから、道端のゴミ箱を蹴飛ばして帰る、なんてことは珍しくありません。

　それだけに出来上がった小説は、小説家と編集者の共著と言ってもよい位です。

柳広司がこれからどんな小説を書くのかは、どんな編集者と仕事をするかと密接に関係しています。だから、

「良い本だったのに全然売れませんでしたね。はっはっはっ」

と言ってとぼけるのはなしにしましょう。ね、編集者の皆さん。

13 読者

小説は、読者に読んでもらってはじめて成立する媒体《メディア》です。白い紙に印刷された文字の並びを誰かが読み、その読んだ人の頭の中ではじめて物語が動き出す。言ってみれば、読者の数だけ物語はあるのだし、逆に読んでもらわなければそもそも物語自体存在しません。

だから小説家は、自分が書いた小説を何とかして読者のもとに届けたい、読んでもらいたいと願います。そのために毎回ありとあらゆる技巧を凝らし、アイデアを盛り込み、サービス精神を全開にして、小説を書いています。

柳広司が今後どんな作品を書いていくのかは、ひとえに読者の皆さんにかかっています。読者こそが柳広司をつくっているのです。

あとがき

「たしかデビュー十六年目、でしたよね？」

最初の企画打ち合わせのさい、疑わしげに尋ねられた。

打ち合わせの相手は、原書房のベテラン編集者・石毛氏だ。

たしかも何も、十六年前、『黄金の灰』を出版して小説家・柳広司を世に送り出したのは石毛氏当人ではないか？

いまさら何を言い出したのだ、と訝しく思い、首を傾げていると、

「十六年で、本当にこれだけですか」

石毛氏はテーブルの上の紙の束を指さして念を押した。

紙の束は、デビュー以来、柳広司が書いたエッセイをかき集めてきたものだ。

さては該当ページだけを破り取って集めていたのが良くなかったか？　それとも、百貨店の紙袋に詰めてきたのが気に入らなかったのだろうか？

などと、あれこれ思案をめぐらせていると、

「いいですか、柳さん」と石毛氏はご自慢の太い眉を寄せ、低い声でいった。

「ざっと勘定してみましたが、全部合わせてもせいぜい原稿用紙換算百七、八十枚分といったところですよ。やれやれ、まさか十六年でたったこれだけとはね」

そう指摘したきり、呆れたように首を振っている。

私はようやくことの本質を理解した。

何のことはない、一冊の本にまとめるには分量が少なすぎるのだ。

十六年にわたって小説家を自称し、出版業界でメシを食ってきた者にしてみれば、迂闊といえば迂闊な話であった。だが。

理解はしても、無い袖《そで》は振れない。

本当にたったこれだけなのだ。

私としては、へらへらと笑ってみせるしかなかった。


本書はもともと〝柳広司、初のエッセイ集!〟と銘打って、大々的に(?)売り出すべく企画されたものである。

〝デビュー十六年目を記念して、古巣・原書房からエッセイ集を出版〟

悪くない話だ。

なぜ十年でも十五年でも、はたまた二十年でもなく、あえて十六年目なのか？　いささか疑念の残るところではあるが、なに、こうした企画に必要なのは勢いだ。

膳は急げ――もとい、善は急げ。

早速エッセイをかき集め、意気揚々とのぞんだ初回打ち合わせの模様は、しかし、冒頭に記したとおりであった。

十六年。

短くない歳月だ。勘定するには両手両足の指が必要である。

私がデビューしたときに生まれた赤ん坊がいまでは高校生になっているかと思うと、そら恐ろしい。果てしのない未明空間を無限落下していく恐怖さえ覚える（by パスカル）。

念のために断っておくが、その間、エッセイに限らず、原稿の依頼を断ったことはほとんどない。長く待ってもらっている間にうやむやになった原稿依頼はあるが、これは私の筆が遅いのが理由の半分で、あとの半分は編集者の気が短すぎるせいだ。

改めて振り返ってみると、エッセイの依頼はなぜかあまり来なかった。

一度などは、酒の席ではあったが、ある編集者から、

「柳さんにエッセイを頼んでいるようじゃ仕事になりませんよ。アハッハッハッハッハ」

と高笑いされたこともある。

どういう意味かは、怖くて聞けなかった。

デビュー以来、専ら小説《フィクション》だけ書いてきた。

それはそれで小説家として胸を張れることなのかもしれない、と思うようにしている。

とは言え、喫緊の問題は「初のエッセイ集」である。

初回打ち合わせの後、自宅に戻って机の引き出しをひっかきまわしたところ、「単行本未収録

分」というファイルが出てきた。

十六年間、柳広司が書き溜めた「単行本未収録」小説だ。

当初の企画とは異なるが、エッセイと合わせて読むと、これはこれでなかなか面白い――ような気がする。

幸い、編集者、出版社の同意も得られた。

無事出版されれば、柳広司にとって記念すべき二十五冊目の単著になるはずである。

『柳屋商店開店中』

楽しんで読んで頂ければ、幸い。

尚、
二〇一一年三月、またその後も打ち続く震災で被災・被曝され、いまなお避難生活を余儀なくされている多くの方々に心からお見舞い申し上げます。同時代を生きる小説家として、人として、自分に何ができるのか、模索し続けていきたいと思います。

二〇一六年八月

柳広司

初出一覧

「バスカヴィルの犬（分家編）」（「小説すばる」二〇〇六年一月号、集英社）
「鼻」（「小説すばる」二〇〇四年四月号、集英社）
「シガレット・コード」（JTウェブサイト「ちょっと一服ひろば」）
「策士二人」（「小説すばる」二〇〇六年十月号を改稿、集英社）
「蚕食」（「小説すばる」二〇〇五年十一月号「指」を改題、集英社）
「竹取物語」（初出）
「走れメロス」（「小説すばる」二〇〇六年七月号、集英社）
「すーぱー・すたじあむ」（「小説すばる」二〇〇六年四月号、集英社）
「月光伝」（初出）

「ソクラテス？ソクラテス！」（「週刊小説」二〇〇一年十一月二十三日号、実業之日本社）
「受賞のことば」（「小説トリッパー」二〇〇一年夏号、朝日新聞社）
「ダーウィンとイグアナたち」（「一冊の本」二〇〇二年七月号、朝日新聞社）
「チャールズ・ダーウィン事件」（「新刊ニュース」二〇〇二年八月号、トーハン）

「親愛なる小泉八雲氏に」（「小説宝石」二〇一二年一月号、光文社）

「アマデウス」（「小説現代」二〇〇一年十二月号、講談社）
「グールドの歌声」（「小説すばる」二〇〇四年八月号、集英社）
「ビッグ・フィシュ」（「小説推理」二〇〇九年二月号、双葉社）
「ごまかしはきかない。」（「飛ぶ教室」二〇〇七年冬号「アーネスト・T・シートン」を改題、光村図書）
「不思議な書店、あるいは書店の不思議」（「本の旅人」二〇〇八年十一月号、角川書店）
「スパイ小説」（「ミステリマガジン」二〇一二年六月号、早川書房）
「名人伝」（「オール讀物」二〇一二年十一月号、文藝春秋）
「『空き家の冒険』、あるいは〈オペレーション・ラザロ〉」（「野性時代」二〇一五年一月号、角川書店）
「読者としての夢、小説家としての理想」（「野性時代」二〇一六年一月号、角川書店）

「虎になった男の話（『虎と月』あとがき）」（『虎と月』理論社）
「文庫版あとがき」（『虎と月』文春文庫）
「『漱石先生の事件簿　猫の巻』あとがき」（『漱石先生の事件簿　猫の巻』角川文庫）
「『ソクラテスの妻』文庫版あとがき」（『ソクラテスの妻』文春文庫）

「a Day in My Life　～ぼくの一日～」（「小説すばる」二〇〇四年一月号、集英社）
「虚実皮膜」（「小説すばる」二〇〇三年二月号、集英社）

「職業病」（「文芸ポスト」二〇〇六年秋号、小学館）
「下僕の誕生」（「ミステリーズ！」二〇〇六年十二月号、東京創元社）
「日本推理作家協会賞殺人事件」（「オール讀物」二〇〇九年七月号、文藝春秋）
「受賞と私」（「ミステリマガジン」二〇一〇年二月号、早川書房）
「大人であること」（毎日.jp「嗜好と文化」vol.6、毎日新聞社）
「柳広司を創った13」（「野性時代」二〇〇九年十月、角川書店）

柳広司（やなぎ・こうじ）

2001年、『黄金の灰』で原書房よりデビュー。同年『贋作「坊っちゃん」殺人事件』で第12回朝日新人文学賞受賞。2009年に『ジョーカー・ゲーム』で第62回日本推理作家協会賞および第30回吉川英治文学新人賞受賞。主な作品に『饗宴　ソクラテス最後の事件』『百万のマルコ』『トーキョー・プリズン』『ナイト＆シャドウ』『象は忘れない』など。

柳屋商店開店中《やなぎやしょうてんかいてんちゅう》

●

2016年8月19日　第1刷

著者…………柳《やなぎ》 広司《こうじ》

装幀・本文AD…………岡孝治
装画…………ふじまみかこ

発行者…………成瀬雅人
発行所…………株式会社原書房

〒160-0022 東京都新宿区新宿 1-25-13
電話・代表 03（3354）0685
http://www.harashobo.co.jp
振替・00150-6-151594

印刷…………新灯印刷株式会社
製本…………東京美術紙工協業組合

ISBN978-4-562-05340-7, Printed in Japan